やがて来るその日のために備えよ

スピリチュアルに生き残る人の智慧

縄文時代はなぜ一万年続いたのか？

吉田正美

明窓出版

やがて来るその日のために備えよ
スピリチュアルに生き残る人の智慧
縄文時代はなぜ一万年続いたのか？

心は如意宝珠《にょいほうじゅ》

サインと予知夢

霊的存在からの啓示

生物・非生物からのメッセージ

不思議な体験

プロローグ

人類が経験したことのない新型の疫病の出現は、現在わたしたちの生きるこの世界がこれまでとは別次元の局面へとシフトした、ということを知らせる警鐘のようにわたしには思われる（事実、この疫病が出現する直前にわたしはスピリチュアルな警告を受けていたのだが、その話はのちほど述べる）。

わたし自身、二〇二二年の夏にこの新型の疫病に感染し、克服したばかりの糖尿病の残滓《ざんし》の影響によるものか、重篤な状態を経験した。内外におけるこうした大きな変動の只中でまた、一般的にスピリチュアルという言葉で表現される、多種多様な非日常的体験がわたしにはあった。

そうした体験は、熊本地震の予知夢をみた前後からにわかに増加していった。そして、そうした体験が本書の大部分を構成する下地となった。

一方で、わたしにはアーティストとしての側面があり、個展開催をするときに様々な人々と会話を交わす機会に遭遇する。そんな中、これまでに自分が経てきた特殊な体験をうっかりと話してしまい、相手の驚く表情を目の当たりにする機会がふえてきた。

そんなときにはいつも、自分の日常は相手の非日常だと再認識させられる。もちろん、間違った相手にこうした話はしないように気をつけているが、こういう話に関心をもった人たちから色々と質問を受けるということもしばしば経験するようになってきた。

熊本地震をはじめとした大きな地震があいつぎ、新型の疫病が発生し、さらにまた大きな戦争が複数起きている現在、こうしたスピリチュアルなことへの人々の関心がにわかに高まっているように感じられるのはわたしだけではあるまい。

このような経験がふえてきた昨今、そうした話を一冊の本にまとめれば、体系化まではされなかったとしても、これまで好事家《こうづか》だけを喜ばせるだけの奇譚扱いしかされてこなかった域を脱した、他人に伝達する価値のある情報になるのではないか、と思いいたったのである。

それには何かひとつテーマ性があったほうがよいとわたしは考えた。それで思いいたったのがサバイバルというテーマだった。実のところ、このサバイバルという言葉でわたしたちの大半がイメージしていることは、真実のサバイバルからすれば、氷山の一角に過ぎない。

サバイバルや危機管理関連の本が激増している昨今でも、スピリチュアルの観点からそうした内容を扱った書籍は、こと日本においては皆無に等しい。体験談として存在したとしても、そうした話は怪談本や不思議な話のようなエンターテイメント寄りのカテゴリーに入れられているものばかりであり、内容的にも一過性のものが多い。

が、強いて言えば、わたしの知るかぎり例外がひとつだけある。それはアメリカ人作家トム・ブラウン・ジュニア氏の書いた本である。

彼の書籍は多岐のジャンルにわたっているため、その肩書きはナチュラリスト、思想家、サバイバリストなどと様々に表記される。彼の代表的な著作は何冊も邦訳出版されているのでご存知のかたもいよう。

わたし自身も彼の書籍を何冊も（当時出版されていた邦訳本はすべて読み、原著に関しては何冊もとり寄せて読んだ）読んだ経験があるばかりか、翻訳までした過去がある。


アメリカ先住民に伝わる伝統的狩猟の技術と精神世界とが深く結びついていることを、自らの深い体験から解き明かしているという点において、これらを読んだわたしは「これはペヨーテ（＊幻覚作用を持つサボテン）をつかわない、カルロス・カスタネダのドン・ファン的世界観だ」という印象を強くもったものである。

しかも独特な観想の技術までもが存在している事実は、大きくわたしを驚かせた。

サバイバルという言葉が、一般的につかわれている意味だけに限定されるような狭い概念を越えて、重層的な、深い意味を内包しうるものだという点において、わたし自身彼から大きな影響を受けたことを述べておきたい。

また、トム・ブラウン・ジュニア氏の著作の熱心な読者ならば、本書の中に同種のスピリチュアルな体験や教えをみいだすこともできよう。読む前には、「どうしてスピリチュアルという言葉がサバイバルに繋がるのだろうか?」と思って当然である。が、一読して下されば、サバイバルの究極がスピリチュアルになることに合点がいくはずである。

わたしが本書に書いた体験のおおもとには、長年続けてきた座禅の習慣があるということを先に述べておきたい。

わたし自身の経験した非日常的体験はもちろんわたしだけの個人的なものであり、座禅を長年続けたからとて類似した体験をするようになる保証はどこにもないし、言うまでもなく、そうした瞑想の副産物としての非日常的体験を求めること自体が、仏教の目的からは大きくそれるものである。

そもそも仏教は何事も約束はしない。その理由は単純に、能力や努力の有無はともかくとして、心的状況というものは個人によって千差万別であるからだ。それはちょうどわたししたち人間の身体の構造が共通であるにもかかわらず、それでも各人の身体の特徴は微妙に異なっているのと同様である。

当然ながら、本書は仏教の入門書でもなければ座禅の入門書ですらない、ということは先にお断りしておく。まだまだ一進一退の道中を歩んでいるわたしにとって、それは分を過ぎた領分というものだからである。いまだ悟りに達していない者が悟ったと称したり、悟った者のごとくふるまったりすることは、無間地獄に特等席を予約するような行為である。

しかし、一進一退という状況はさておき、そうした長年にわたる座禅という習慣があってこそ、非日常的体験が日常化するようになったことは事実である（言うまでもないことだが、座禅の目的は悟りであり、その他の目的を据える行為は本末転倒である）。

が、心を育てるその道中において神秘体験が多々あったという事実だけならば、道をそれてしまう危険性のある、本の執筆などという考えは思いつきもしなかったにちがいない。

執筆を決断した理由は他にある。「公にしなさい」という強い意志を感じさせる事柄を経験したからである。

実際に、本書に収録した話は、単にわたし個人を危機的状況から守ったというような類のスピリチュアルな話にとどまらない。メッセージ性の強い内容を多数もりこんだ。個人的なサバイバルという枠を越えた、現代文明やわたしたちの生き方にたいする高次元の存在（大地の女神の場合もあれば、西方の守護神である白虎の場合もある）からの警鐘を、熟慮に熟慮をかさねた結果、公開にふみきった。

それに、もしこうした貴重なメッセージが、先ほど述べたように、公開されるべくしてわたしに伝達されたものであったとすれば、そのタイミングは今をおいて他にはない、と考えたからである。これがもし数年後となれば、それは遅きに失するとわたしは思っている。

神事を公開することに関しては最大限の熟慮と注意を要する。だからわたしはこうしたことを経験していながら、ずっと今までそのことに口をつぐんできた。ごく一部の人にしか語ってこなかった。

また、預言めいた話をすることで、意図せずに聞き手の意識を縛ってしまう可能性があることを慮《おもんぱか》ると、口を閉じるほうが賢明に思われたのである。

が、わたしが口を閉ざしているあいだにも世界は加速度をまして変貌を遂げてきた。そうした変化をみながら、わたしの考え方も変わっていった。そうした経緯でこの本は生まれたのである。

もしどこかでわたしが禁を犯しているとすれば、その責はわたし自身でとるより他にない。読み進んで下されば自ずと、生死的な二元論でしか語られることのなかった個人的なサバイバルよりも、はるかに重要なことがあるということがおわかりいただけると思う。

外面的にはサバイバル本の体裁をとるこの本がひとつのきっかけとなって、読者が少しでも世界の実相と心的世界との繋がりのほうへ関心をもって下されば、本書の目的は達成されたことになる。が、この本が運よく活字化されるころには、世の中の変化はより加速度をましているであろう、とわたしは予測している。

高次元サバイバル

一 危機意識の高まりとサバイバルの一般化

　未曾有《みぞう》の疫病をはじめとして、戦争（この文章を書いている現在、ロシア対ウクライナの戦争の他に、イスラエルとハマス間での戦争が起きている）や大規模な自然災害を重層的に経験しつつある世界の誰もが、これまでにないほどに切迫した身の危険を意識して生活しているはずである。

　わたし自身の所感であるが、現在は、第二次世界大戦以降でもっとも大きな危機意識を、世界中の人々が感じているように思われる。日本ではまだ数えるほどしかないが、海外の動画では「プレッパーズ」（＊ Preppers：大規模な戦争や自然災害などを想定して、その準備を日常的にする人々のこと）関連の動画チャンネルが多数ある。特にユダヤ・キリスト教的な一神教の社会では、預言をもととした不安がひろがっているのが特徴で、そうした人々にとっては第三次世界大戦が勃発する危険性ですら、そうした終末的世界観の一要素でしかない。

そして有事の際のそうした情報はインターネットをつうじて、即時に世界中の人々に共有される。第十代崇神《すじん》天皇の御代に、疫病によって国民の半数近くが亡くなったころとは、人の移動も、情報の伝達も桁違いの速さとなった。

そういう状況だからして、現代では、わたしたち一般市民の不安や危機意識というものまでが共有化される速度が飛躍的にあがったとも言える。

そうした中でも、わたしたち日本人は今現在、直接的な戦争の惨禍に巻きこまれていないのみで（戦争の体裁をとらないのが特徴の最新型戦争にはすでに巻きこまれている）、世界的にも例をみないほど多くの地震・火山噴火・津波・水害などの脅威にさらされ続けている。

特に、わたしたちの危機管理意識を嫌が上にも高めたのは東日本大震災であった。その後、徐々に街の風景が変化しだした。会社員は男女の区別なく、それまでのビジネスバッグの代わりに軽量リュックを肩にかけて通勤するようになり、書店には防災関連本やサバイバル本がアイドル本のようにして平積みされているのが日常の風景となった。

三十代の前半、当時のわたしは東京新宿にある、さる民間企業で身辺警護の仕事に携わっていた。当然のことながら仕事柄そうした関連の本をよく読んだ。が、今になって思えば、そうしたサバイバル本の内容はすべて不完全だった。

その理由は単純に、目にはみえない領域のことを何も書いていないからである。実際には、書いていないのではなく、書けないのである。その理由は単純に、そうした領域の経験や知識がないからだ。


本の中にみいだされるほとんどのサバイバル理論は、とつぜん罹患した病気に右往左往する患者のようなものであると言える。地震が起きたらすぐに机の下に隠れなさいとか、外国でテロが発生したらすぐに逃げなさい、だとか。ひとつの条件下で、ひとつの選択肢をとるように解説しているものが多く見受けられる。

が、実際のサバイバル的状況は、様々な現実が複合的に入り乱れ、時間の経過が大きな変化を生みだすものである。したがって、そうした解説が間違いではなかったとしても不完全であることは明確である。

だからこそわたしは、サバイバル関連の書籍があふれかえっている東日本大震災以降という世相の中に、あえて新たな一冊を差しこもうと考えたのである。従来の物理的サバイバル・スキルと、本書にて公開するスピリチュアルなサバイバルとは両翼の翼と考えていただきたい。

ただ、次元が異なるのだ。

二　物理的サバイバルの限界

従来のサバイバル本の内容が不完全であると先ほど述べた。その理由を詳しくこれから説明する。

たとえば、津波警報が発令し、津波がすぐにおし寄せると言われたら、あなたはどうするだろうか？　逃げる人の車で道が渋滞していて、車で避難場所までいく余裕がなかったら、あなたは近所の建物の屋上にのぼるか、自宅の屋根の上にのぼるか、あるいは最悪の場合、電柱によじのぼろうとするだろう。が、家の屋根にのぼったあなたはすぐに後悔することになるかもしれない。津波が防波堤を越えて街の中へと流れこんできたのをみたときである。真っ黒な濁流が、あなたがしがみついている家自体を丸ごと押し流しはじめたからである。あなたは走ってでも丘の上に逃げなかったことを後悔することになる。

このように、通常サバイバルと言われているものの実態は、何事かが発生してしまったあとになって、それに対応しようとするものである。どんなサバイバルの達人と自称する者でも（本人がそう思いこんでいることはさておき、わたしに言わせれば、一般人のレベルでサバイバルの達人などというものは存在しない）、後手後手となって、のるかそるかの大きなリスクにさらされてしまうのが関の山だ。

その理由は明白である。わたしを含む通常の人間は一方方向にしか流れない時間内の存在であるからだ。つまり、時間的に遅れをとってしまっている以上、最初から不利な戦況に立たされているのだ。

たとえひとつの困難をどうにかのりきったとしても、次にくる別種の困難をのりこえるには異なる方法が必要になってくる。そしてどれも機能しない絶望的な展開となると、最後には無神論者でさえ神頼みをはじめる。

そして困難とは皆さんもよくご存知のとおり、順序よく整列してきてくれるほど礼儀正しい存在ではない。わたしたちが日夜浮き沈みしているこのリアル・ワールドでは、ひとつの困難が発生している最中に別の困難が生じるのが常だ。

事実、わたしが新卒で入社したさるテキスタイル・メーカーでは「一難去らずにまた二難」という言葉があったほどである。

あなたが数ヶ月前に社会人になったばかりという状況でこの文章を読んでいるのでなければ、この点に異論の余地はないことと思う。

自然や戦争が相手の場合にはこれがきわめて過酷な状態となるが、ビジネスの現場でもそうしたサバイバル的状況が展開することはよくある。要するに、サバイバルにおいては「変化」という概念がとてつもなく重要なファクターになるのだが、変化というものはその本質上理論化することが困難である。

わかりやすいサバイバルの例をあげる。

これはわたしが危うく死にかけた実体験である。東京のさる企業に勤務していたときの話である。

今から二十五年ほど前のある夏の業務終了後、職場の同僚たちと連れだって多摩川の河川敷にバーベキューにいった。一種の親睦会である。たしか東横線の多摩川園駅（＊平成十二年に多摩川駅へと改称）で下車して、上流のほうへ少し歩いて河川敷におりた記憶がある。

缶ビールを飲んでほどよく酔っていたわたしは同僚のひとりと一緒に川に入った。酔った体に水は心地よかった。どちらがそう言いだしたか忘れてしまったが、わたしたちふたりはいつの間にか対岸にむけて泳ぎだしていた。

川の三分の一くらいの場所でとつぜん、同僚がくるりとむきをかえて「もうだめだ」と言って引き返していくのがみえた。が、彼より酔っていたわたしはそのまま対岸へむかって泳ぎ続けた。酔っているとはいえ、対岸までたどり着ける自信はあったのだ（ご存知のとおり、酩酊状態でおこなうすべての判断は間違っている）。経験のあるかたならわかると思うが、飲んだあとに激しい運動をすると、軽度の酔いは酩酊状態へと変わる。

こりゃまずいと思ったときはすでに川の真ん中まできていた。灌木《かんぼく》の茂る対岸は目と鼻の先にみえているのに、平泳ぎしていたわたしの体がいっこうに前に進んでいないことに気づいた。それどころか徐々に体は下流のほうへと流されていた。そこでようやくもどろうと思ったが、いくら水を掻いても、岸は近づいてこない。

もどることも進むこともできないと悟ったとき、わたしは人生ではじめて死を予感した。犬死にするかもしれないと思った。あとで知ったことだが、この辺では大勢のかたが命を落としているそうである。

死を予感してからのわたしは鼻の下で水をかき分けるようになり、すでに体力の限界に達していた。なんどか川の水も飲みこんでいた。遠くから同僚が「もどってこーい」とわたしを呼ぶ声を夢うつつの中で聞いていた。その声の響きかたから（振りかえる体力はすでになくなっていた）、わたしは自分が予想以上に下流に流されていることを知った。

そのときにわたしの直観が働いた。流れに抗い続ければ死ぬと悟ったのである。その代わりに、流される方向へと流れていこうと思った。文字どおり、必死に、わたしは浮くためだけにあがき続けた。

今思えば、あのとき、同僚の誰かが助けにきてくれなかったのは正解だと思う。結果論でしかないが、わたしもわたしで、死を予感しながらも同僚の助けを求めなかったのは正しい判断だったと思う。もしそうしていたら、間違いなくあの晩、残りの人生のほうがまだはるかに長かった若者がふたりも、多摩川で溺死していたはずである。

いつの間にか、なんとか手を前にだしても、もう水をかき分けることもできなくなっていた。なぜかそのとき多摩川の水って臭いな、と思ったのを今でもおぼえている。ああ、もうだめだと思ったとき、左足のつま先が何かに触れた感触があった。一瞬、流木か何かが川底にひっかかっているのだろうと思ったが、次の瞬間、こんどは右足のつま先がその何かに触れたザラッとした感触があった。それは川底だった。このタイミングがあと数秒でも遅れていたら、今ごろわたしはあの世にいたにちがいない、と今でも思う。

数メートルもいくと、川底を歩けることに気づいた。わたしはいちばん近かった岸のほうへとゆっくりと歩いていった。「大丈夫か」とかなんとか誰かがわたしに声をかけた。みると、河岸に釣り人が数人並んでいた。真っ暗な水面に、釣り竿から垂れたオレンジ色の浮きの光がぼうっと見えた。

わたしは返事をする力もなく、岸に着いたとたん、まだ両足を川の中に入れたままの状態で倒れてしまった。草の匂いのする大地を両腕で抱きしめながら、五分くらいもそうしていただろうか。このときほどわたしは大地を愛おしいと思ったことはない。

このように、実際のサバイバルは、こちらがコントロールする余地のほとんどない、運命のかすかなうごめきにかかっている場合が多い。コントロールが効くあいだはまだサバイバルの入り口なのだ。

またこうも言える。こちらがいくら準備をしていても、予想もつかないことが起きるのがこの現実世界である。したがって、一般的に知られているサバイバル・スキルやツールが機能するのは、ある特定の条件下においてのみである、と謙虚に考えておくべきである。

こうした物理的なサバイバルに関しては限界があるし、少なくとも立場は劣勢に立たされるのが本質であり常だと書いてきたが、最後に重要な点がある。日本人が書いたどのサバイバル本を読んでも、優先順位や対応の仕方が固定的なのだ。

たとえば、「山で遭難したときには、絶対に下におりてはならない」とか、「川の水は煮沸せずに飲むな」とか、そういった類の話である。

もちろん、原則というものはどこの世界にも存在する。が、わたしたちがサバイバル的な状況に直面したとき、こうした原則を放り投げて、まったく反対の選択をとることを要求されることは往々にしてある。事実、原則に固執したばかりに命を落としてしまった例は少なくない。

原則に忠実にしたがうことを要求するのが思考だとしたら、次にわたしが紹介するサバイバル方法は、わたしたちのもつもっと繊細な能力に焦点をあてるものである。思考が紋切り型でゴシック体のような図太さをイメージさせるとしたら、これから述べる能力はもっと繊細ではあるが、わたしたちの存在の全体にかかわってくるという点において、ある種の普遍性を備えるものである。

三　心を用いる高次元サバイバル

では、物理的なサバイバル方法以外に、どんなサバイバル手段があるのか。

それはスピリチュアルな方法である。本当は、この本を書くにあたって、この「スピリチュアル」という言葉をつかうべきかどうか悩んだ。なぜかと言えば、現在は第二次スピリチュアル・ブームとも言えるほど、そうした事柄を扱った本がたくさん出版されているし、ユーチューブの動画にいたってはその比ではない。過去最大のブームといっても過言ではないように思われる。

が、その実態は必ずしも手放しで喜べるようなものではない。

現在、スピリチュアル系を自称する人たちの話を聞くにつけ感じるのは、七十年代に渡米してチベット仏教をひろめた、チベット仏教カギュ派の活仏であったチョギャム・トゥルンパ・リンポチェが「精神の物質主義」という言葉で警鐘を鳴らした、真の精神性とは程遠いマテリアルな傾向性が垣間見えることである。

たとえるなら、自宅から家電や発電機の類の一切合切をもって、森に入るキャンパーのようなものである（以前そうした人たちのテントまわりの様子をみる機会があったが、まるでアウトドア用品の展示会を見ているかのような印象だった）。場所を移しただけで、中身はなにも変わっていない、というのがこうした傾向の人々の特徴である。

少なくとも、鈴木大拙（＊臨済宗の僧。日本の禅文化を海外にひろめた仏教学者。英語で書かれた著作が多数ある）が『日本的霊性』の中で使用したスピリチュアリティの意味とはずいぶんとかけ離れてしまっている。仏教思想の基盤であるともいえる、人間を限定的な存在としている諸要因についてはまったく関心がない。ご利益があると評判の神社にいって「金運を授けて下さい」と頭を下げることで、自分をスピリチュアルな側の人間だと思いこむ。

が、一方で、これほど広く浸透している精神性に関する言葉がないのも事実である。したがって、先の「精神の物質主義」の弊を説明するよい機会にもなると判断し、あえてこの言葉をつかうことにきめた。

では、先ほど述べたスピリチュアルな方法とはどんなものか。

答えは、座禅や瞑想を生活の中心にするのである。先ほど触れたように、人間は通常様々な要素によって限定化された存在である。この限定性こそがわたしたち凡人の証といっても過言ではない。

厳密には、限定化されているというのもわたしたちの自我がつくりだした迷妄以外のなにものでもないのだが、これを説明するだけで一冊の本ができてしまうくらい甚深《じんしん》な内容なのである。また、仏教の核心部分にも触れるため、本書の守備範囲からは逸脱してしまう。

つまりこの限定性というものを消失させていくのが座禅であり瞑想の本質だとわたしは理解している。換言すると、対象と一体になることである。

そこにもはや「わたし」は存在しない。対象と一体になることにより、もはや「自」と「他」をへだてていた二元性が消滅するからである。

これを長年継続していると、意識がどんどん拡大していくような感覚をおぼえる。認識領域が拡張され（それにはエネルギーをともなった、開いた感覚がある）、限定化された感覚が希薄になっていく。

そしてこの感覚は座禅の姿勢をとっていない歩いているときや、食事をしているときや、仕事をしているときも継続するようになる。もちろん高速道路を運転しているときですら。

わたしが仏教の専門書などに書かれている難解な内容を少しだけ理解しはじめたのが、そうしたことを実感として感じるようになってきたときであった。それと同時に生じはじめたのが様々な非日常的体験である。

が、それらはあくまでも座禅の副産物に過ぎない。先のトゥルンパ・リンポチェも戒めているが、そうしたものに執着をもつと修行が遅れてしまう原因となってしまうから注意しなければならない。どうも自我の皮膜が薄くなっていくことと、非日常的な体験をすることとは連動しているようである。

一方で、日本における禅宗の成立は鎌倉時代以降であり、禅自体の到来は七世紀の道昭《どうしょう》（＊法相宗の僧）にまでさかのぼるというのが定説であるが、戦闘的行為の痕跡がほとんど発見されていない縄文時代は、自と他をへだてる皮膜が薄かったのではないか、とわたしは想像している。

そのことを強引に禅と結びつけるつもりはないが、禅的精神性に肉薄するほどの精神的密度があったと仮定しなければ、争いが皆無に近かった縄文時代が一万二千年も持続した謎が解けない、とわたしは考えている。でなければ、日本列島の一部だけでなく、北海道（北海道の縄文時代晩期の地層から、争いによる傷痕の可能性のある頭蓋骨が複数出土しているが、弥生時代と比べれば、微々たる数である）から沖縄にいたるまで、戦闘の痕跡がほとんどないという奇跡的な状況を説明することは不可能である。

これは学者諸氏が考えるよりもはるかに重要な事実なので、再度くり返すが、これは人類史上まれにみる奇跡的な事柄なのだ。

たとえば、わたしは以前こんな体験をしたことがある。これはスピリチュアルなものが自分の命を守ってくれた典型的なパターンである。

その日、夜の九州自動車道をわたしは水俣方面にむかって走っていた。当時わたしが運転していたのはスバルのワゴンだった。助手席には家内がのっていた。

高速道路のある地点まできたとき、不思議なことが起こった。運転しながら瞑想状態に入っていたわたしの意識に突如として、鮮やかな、あるヴィジョンが入りこんできたのである。それは、大きな鹿が高速道路に飛びこんでくる映像だった。一瞬の映像ではあったが、飛びこんできたのが大型の鹿ということだけは十分にわかった。

当時のわたしは比較的スピードをだして運転するほうだった。その夜も気分がよくなる程度には飛ばしていた。飛びこんでくる鹿のヴィジョンをみた瞬間、わたしはそのヴィジョンが現実になると直観した。それで速度を数十キロ落とした。そして何が起こっても瞬時に対処できるように細心の注意をはらって運転した。

それから、今自分がみたヴィジョンのことをすぐに家内に伝えた。このころになると、時折そうしたことがわたしの身に起こることに慣れはじめていた家内は、そのことにたいして何も疑問を感じていない風だった。

そこから数キロと離れていない、山の斜面がせりだしたカーブまできたとき、ヴィジョンは現実となった。わたしたちの車が走っていた車線の中央に、ヴィジョンでみたのと同じ、大きな鹿が倒れているのに気づいたのだ。

わたしはヴィジョンをみていたお陰で、その鹿の死骸を難なくよけることができた。もしそのヴィジョンをみることなくあのまま飛ばして運転していたら、高速道路で急ブレーキをふみながらハンドルをきる、という操作をおこなっていたはずだ。車にとってはもっとも過酷な状況を強いることになる。

その結果、最低地上高が二十センチあったわたしの車は横転していた可能性が高い。横滑り防止装置などまだ普及していなかったころの話である。

今思うと、あの可哀想な鹿は車に轢かれてまだ間もなかったと思う。電光掲示板にもまだ情報がでていなかったからだ。

このように、瞑想状態にあるとき、こうしたヴィジョンや直観に助けられることが実際にある。瞑想の習慣がない人や、スピリチュアルなことを信じない人たちにはなかなか受けいれられないことであろう。が、こうしたことは実際に起こる。わたし自身がなんどもそうしたことをこの身で経験しているのがなによりの証拠だ。

もし唯物論者のサバイバル専門家がこうしたことに遭遇したらどうなるであろうか。おそらく一般人と同様、ほとんど何もできることはないだろう。

では、高速道路での事故から自分を守ってくれたスピリチュアルなヴィジョンは、一体どこからきたのだろうか。完全な悟りに達した人間は、そうしたことを自らのうちにほとばしりでる智慧《ちえ》によって事前に知りうるのかもしれないが、わたしなどのレベルでは、スピリットなどから授けられているのではないか、と思っている。

四　バルチック艦隊の針路を秋山真之に教えた白昼夢

もうひとつ例をあげる。

それは日露戦争当時、連合艦隊司令長官の東郷平八郎の参謀であった秋山真之がみた白昼夢についてである。歴史好きなかたなら司馬遼太郎の小説『坂の上の雲』の登場人物としてご存知であろう。

秋山真之は、「知謀湧くがごとし」と東郷平八郎に評されたとおりの天才参謀であった。

この話は「秋山真之の秘密」という演題で、わたしが以前熊本市でおこなった講演会のまさに核心部分である。

本書の趣旨は、現世利益的なスピリチュアルな話の紹介（その手の話ものちほど多少紹介する）ではなく、スピリチュアルなことが自分を守ったり、生死にかかわるような貴重な情報を与えたりもしてくれる、ということを解き明かすことである。が、ときには個人の生死にかかわることだけでなく、一国の存亡にかかわるほど重要なメッセージを発してくれる場合もある、ということを紹介したい。

信じがたいことかもしれないが、スピリチュアルな要素が日露戦争の日本海海戦の勝敗を決した重大なファクターであったことは事実である。そしてこの日本海海戦の重要性は、当時おかれていた日本とその軍事的状況の詳細を示すまでもなく、そのときに旗艦三笠から発せられた、「皇国の荒廃この一戦にあり　各員一層奮励《ふんれい》努力せよ」というメッセージだけからでも十分に伝わってくる。

ちなみに東郷平八郎が言ったり書いたりしたとされる言葉の多くは、実際は秋山真之起草や発案のものが多い。せめて連合艦隊解散之辞くらいは東郷本人が書いてもよかったのではあるまいか、と思うのはわたしだけだろうか？　だいたい海軍は東郷を神格化し過ぎている、とわたしは思っている。

それはともかく、この連合艦隊解散之辞については、秋山真之が書いたからこそアメリカ大統領セオドア・ローズベルトを感動させるほどの内容となったのも事実である。また、ローズベルトがそれを部下たちに筆写させて精読させたことにより、秋山の意図とは裏腹に、米海軍の人材育成に寄与してしまったのも事実である。

前置きはこれくらいにして、では一体何がそこで起こったのか。

ときは一九〇五年(明治三十八年)。日本海に控えていた日本海軍の連合艦隊は対バルチック艦隊迎撃の戦略を立てる前提となる、ある可能性に頭を悩ませていた。それはロシアのバルチック艦隊が対馬海峡経由で日本海に入るか、それとも太平洋にぬけるかということである。燃料補給のことを考えると、津軽海峡や宗谷海峡などを経由するよりも、最短ルートであった対馬海峡をとおってウラジオストクに入る可能性が高いと考えられた。

が、ロシア側とて、そのように日本が予想を立てて、日本海に連合艦隊を布陣させているにちがいない、と予測している可能性は十分に考えられた。だから、日本側の裏をかいて太平洋にぬけるのではないか、という可能性も捨てきれなかったのである。

当時の日本海軍は、連合艦隊を分散させるほどの戦力はなかったため、どの可能性を選ぶかという賭けにでるしかなかったのである。熟慮の結果、東郷はバルチック艦隊が対馬海峡経由でくると判断した。

が、あらわれると予測された日を経過してもいっこうにバルチック艦隊は姿を見せなかった。そうした中、連合艦隊の中では一転して、バルチック艦隊が太平洋にぬけたのではないか、とみる意見が多勢を占めはじめる。

さすがの東郷もだんだんと自分の判断に確信がもてなくなっていったことは、当時、大本営とのあいだで交わされた電報の内容からうかがい知ることができる。

そして、ついに東郷が北上を決断する直前に、参謀の秋山真之が、バルチック艦隊が対馬海峡からやってくる白昼夢(瞼の裏にその光景がありありと浮かんだという)をみて、そのことを東郷に進言した、というのが大まかな内容である。

その結果、日本海海戦がどのような展開となったかは皆さんもご存知のとおりである。まさにこのときの日本は首の皮一枚で繋がっていたのである。

ここで秋山がみた白昼夢は、わたしが高速道路でみたヴィジョンと同じ類のスピリチュアルな啓示であったと推測する。それを表現するに、当時としては白昼夢くらいしか当てはまる言葉がなかったのであろう。

当然のことながらこの話は、正式な海軍史の中には一切記録されていない。海軍史の色調は、その後の陸軍との相克《そうこく》から、東郷平八郎を神格化する方向へと進む。本人でさえ拒んだ東郷神社（＊渋谷区神宮前にある、東郷平八郎を祀った神社）をつくったことからもその一端はうかがえよう。

これは非常に特殊な例にはちがいないが、実際に起こった話である。

秋山真之は大本教（＊明治時代に出口なおが興した神道系の新宗教。正式名称は「大本」。出口なおの娘婿であった出口王仁三郎が組織化）の出口王仁三郎《でぐちおにさぶろう》にもこの白昼夢のことを語っている。その後、秋山は大本教に入信することになるが、あることがきっかけでのちに大本教と袂《たもと》をわかっている。出口王仁三郎がその話を秋山本人から聞いていることだけでも十分に証拠となるが、さらにこの件に関してはわたしなりの根拠のようなものもある。

当初わたしは秋山真之のみた白昼夢を題材として、わたしたちの心や意識とよばれているものの潜在力のようなものをこの講演会で語る計画を立てていた。今では忘れてしまったが、秋山の白昼夢の話をどこかで読んだのが出発点だった。

が、講演会の一週間前になって話す内容を整理していたとき、秋山が実際に白昼夢をみた日付がぬけていることに気づいた。それまでは、秋山が日本海海戦の直前にその白昼夢をみた、ということで特に疑問は感じていなかったのだが、講演会の直前になって、彼が白昼夢をみた日付が重要な点だと思いはじめたのである。

それに、扱っている事柄が事柄だけに、確かめられることはすべて確かめた上で話をしたかったということもある。もしそれがわかれば、彼が東郷平八郎にそのことを進言したとされるその日を境に、前と後とで東郷司令官の言動にちがいがあると考えるのが自然である。

そうした流れを確認することができれば、秋山のみた白昼夢の信憑性が高まる、という目算がわたしにはあった。が、探しても探しても、秋山が白昼夢をみたとされるその日付がでてこなかった。


それでわたしは反対に考えた。東郷司令官や部下の言動を記録が残っているかぎり精査すれば（あらゆる言動が事実そのままに記録されている保証はないが）、白昼夢をみた日付をある程度絞ることができるのではないか、と。その作業をおこなったわたしは、その日付を、バルチック艦隊と遭遇する三日前だと仮定した。

いつの間にか講演会の前日となっていた。予想外の疫病の出現にもかかわらず、講演会の会場の周囲に配布していたたくさんのチラシは、嬉しいことにすべてなくなっていた。

ところが、もうなんの希望ももたずに事実関係の情報補充だけをインターネットでおこなっていたわたしの前に、突如として探し続けてきた答えがあらわれたのだった。バルチック艦隊と遭遇する三日前に秋山が白昼夢をみた、という文章がわたしの目に飛びこんできたのである。

わたしは自分の推測が間違っていなかったと思うと同時に、そうした日付の推測ができたということは、やはり秋山が実際に白昼夢をみて、そのことを東郷司令官に進言したことは事実だと確信したのである。


現在、日本海海戦の勝利の裏に、このようなスピリチュアルな出来事があったということを知る人はほとんどいない。それはそうである。一国の存亡がたったひとりが（本人にしかわからない）みたという白昼夢にかかっていたのだから、なんとも心許ない話であるが、日露戦争当時の日本の軍事力は、大国のロシアと比較するとその程度だったのである（一方、武器技術の精度に関しては、大国ロシアを寄せつけないほどの完成度を誇った点がいくつもあったのは事実である）。

スピリチュアルに関心のない人からすれば、白昼夢というものは病理的な現象に思われるであろう。そんな話は事実であったとしても「正史」に載せるわけにはいかないはずである。

最後に、公平を期すためにつけ加えておきたいことがある。十四歳という若さで初陣（薩英戦争）を飾った東郷平八郎は、作戦において迷うことのない軍神のようなイメージがあるが、実像はそのイメージとは程遠い。バルチック艦隊の動静に関し、彼は最後まで迷い続けた。そして最後に、連合艦隊に日本海を北上させる命令をだす一歩手前までいった。が、寸でのところで北上せんとする判断をひっこめた。それは、秋山のみた白昼夢を信じたからである。秋山以外の誰もみていないその夢まぼろしのようなものを信じたのである。

つまり東郷は秋山という人間を信じぬいたのである。話を美談化しようとする癖はわたしにはないが、客観的に見て、東郷のしたことはそういうことである。

が、常識的に考えれば、北上を主張する大多数に理があったと思う（素人考えではあるが、バルチック艦隊の進行が机上の計算による予想よりも遅れた原因は、地球を一周してくるあいだに船底に付着した牡蠣による水抵抗までを算盤に入れていなかったせいではないか、とわたしは考える）。

そこで根拠のない、少数派となってしまった秋山のいう空想にも近い事柄を信じきったという、この一点において、東郷平八郎は立派だったとわたしは考える。

仮に、現在の海上自衛隊の組織が同様の局面に立たされたとしたら、明日の日本ではロシア語が話されていることになろう。それはなにも海上自衛隊が悪い、ということではない。あのころの日本では、まだ神秘というものが入りこめる隙間が残っていたということである。人の心の片隅に。

様々な状況を考察すると、こうしたことは、幕末と維新を経験した日本人がまだ大勢生きていた、明治三十八年のあの年、（沖に白波のたつ）あの日の、日本海海戦でしか起こり得なかったことのように思える。

最後に、日本開闢《かいびゃく》以来のこの未曾有の難局を打開した秋山真之という男について、どうしても付言しておきたい感想がある。それは、日本海海戦までの彼の半生をみるかぎり、わたしには秋山という人物がこの国難をのりきるためだけに「つくられてきた」人間のように思えてならない、ということである。

誰によってつくられてきたのか？　海軍兵学校か？　軍令部か？　海軍省か？　残念ながら、それはあなたが期待する答えとはたぶん異なる。それは不可知の存在によってである。

もしあなたが秋山真之という人物に関心をもち、幸運にも彼の半生を調べる時間の余裕があるならば、ぜひ彼の半生を調べていただきたい。もしかしたら、あなたもわたしがいだいたのと同じ感想をもつかもしれない。

また、こうした視点で歴史上の人物を再検証するならば、歴史教科書とは異なるユニークな歴史が浮上してくるかもしれない。

それに、些細なことであるが、意外と本質を表しているように思われるので、このこともつけ足しておきたいと思う。日本海海戦での劇的勝利までのあいだに彼につけられていたあだ名は「変人」である。

何事も信じないことこそが知性の証ででもあるかのような風潮が現代の日本には蔓延しているが、盲信ではなく、「信じる」ということがどれほど有益なことを生みだすことがあるかということを、このことはよく示してくれている。

五　熊本地震を教えてくれた憤怒の女神

すべてはあのときにはじまった。

わたしが「自然」に猛烈に惹かれるようになったきっかけがある。物心ついてからの子供時代のすべてを熊本県水俣市で過ごしたわたしは、子供のころから自然が唯一の友達だった。そして今もそうである。暇さえあれば愛犬と一緒に山に入り、桃の木の根元に寝そべって（この桃の木の場所は生涯誰にも教えたことはない）、犬と一緒に青空をゆっくりと流れる白い雲をぼんやりと眺めたりして過ごしていた。子供心にも、そのときの幸福感は永遠に続いてほしい、と思えたほど身に沁みるものがあった。

当時のわたしは十歳くらいだったはずだが、このときに感じた幸福感のことと、そして頭上を流れゆく真っ白な雲の光景を大人になっても忘れずにいられるだろうか、と自問自答した記憶が残っている。少年のころの幼いわたしよ、ほら、こうしてまだおぼえているよ。小さな子供であっても、人間は忘れまいと心にきめたことはけっして忘れないものなのだ。

大人になったわたしは大都会の東京にいた。東京の大学を卒業してあるメーカーの営業職に就いた。その会社でのサラリーマン生活に馴染めなかったわたしはいつしか自律神経失調症にかかっていた。

毎日、電話をとるのも、得意先に営業にいくのも嫌で仕方がなかった。微熱が毎日続き、心と体が連携を失いだしていた。が、それが自律神経失調症の典型的な症状であると自覚するほどの心の余裕も失っていた。色々とそれなりに勉強してきた結果がこの生活かと思うと、何のために生きてきたのか、とさえ思った。

そうした悶々とした生活を送っていたある日のこと、渋谷のオルガン坂（＊東急ハンズの前の坂道）を散歩していたわたしの目は、モンベルのショーウィンドウに釘づけとなった。そこにはなんの変哲もない岩がおかれていた。登山靴やピッケルがその岩に立てかけるようにして展示されていた。

その岩はそれ自体で完全無欠だった。岩は完全にわたしを捕捉した。わたしには岩から後光が差しているようにみえた。都会生活をはじめてからというもの忘れていた自然や野生が、このときとつぜん剥きだしの姿でわたしの前にあらわれたのだった。まさにそうした印象だった。

わたしは数分間ものあいだ岩を凝視し続けた。長いあいだショーウィンドウに釘づけとなっていたわたしをみた店員には、変質者と映ったであろう。

このときまでわたしはなんと、自然というものをまったく知らずに生きてきたのだ、とその岩をみつめながら電撃のように感じた。その瞬間、自然と一体になりたいという衝動のようなものが激しく奥底から湧きあがってきた。

この体験から遠からずして、わたしは故郷の自然の中へと移ることをきめた。今振りかえってみても、なんとも奇妙な体験である。田舎に住んでいたときには感じたことのなかった剥きだしの自然というものを、大都会の只中ではじめて感じたのだから。

今「自然」という言葉をうっかりとつかってしまったが、本当は、この言葉で表現しおおせることなどできないフィーリングだった。人形劇の只中でとつぜん本物の人間があらわれたかのような衝撃だったと言えば、少しは伝わるだろうか?。

いずれにしても、この岩を目にした体験は、わたしの中にまどろんでいた自然や野生を目覚めさせた。今この文章を書きながら、このときの体験が自分の人生にとっていかに決定的な瞬間であったかが、今更ながらよく理解できる。

ときとして人生には、自分が能動的に選択したり判断したりできない、抗いがたい大きな力というものが働くものである。

このようにして変容を余儀なくされてきたことが、あの晩にみた霊夢へと繋がったのだ、とわたしは思っている。前置きが長くなったが、これからその霊夢の話に移ることにする。

今でもわたしの心に深く刻みこまれている体験のひとつが、熊本地震に関するものである。

二〇一六年四月十三日の夜、ふだんどおりに眠りについた。翌日は結婚記念日であったが、そのことは忘れていた。その晩遅く、わたしは実に奇妙な夢をみて目を覚ました。あまりに衝撃的な夢や悪夢をみて目が覚めることがあるが、そういうのともちがっていた。

夢の中のわたしはイーゼルに立てかけられた大きなキャンバスに、ある絵を描いていた（興味深いことに、現実世界ではまだ絵を描いていなかった時期である）。その絵がとても不思議だった。

まずキャンバスの左側に女神と思しき女性の大きな顔があり、右側と背景には美しい山々や野原が描かれていた。ここまではふつうの絵だ。ところが、山々や野原からは真っ白な光柱が天にむかってのびていた。

もっと奇妙なことは、絵にもかかわらずその光柱が空へとむかって動いていたことである。まるでクリスマスツリーに飾られているＬＥＤの電飾のようだった。

夢の中のわたしはそのことに驚いて、もし新しい光柱を描き加えたらどうなるだろうと思った。そう思うが早いか、わたしは筆で新しい光柱をキャンバスの片隅に描き加えてみた。すると、新しく描き加えられた光柱も、スルスルと空へむかってのびていった。まるで大地から膨大なエネルギーが解き放たれているかのような光景だった。のちに、スプライトという発光現象の写真をみたことがあったが、それがこの晩夢でみた光柱とそっくりで驚いたのをおぼえている。

動く光柱よりももっと印象的だったのは、左側に描かれていた女神の表情だった（その絵の構図と全体的な雰囲気から、その女性が大地の女神であることがなんとなくわかった）。憤怒の表情をしていたのだ。

恐ろしいなと思った夢の中のわたしは、女神の顔を柔和な表情に描きかえた。この所作の意味するところは深いが、その分析はここでは割愛する。

その瞬間わたしは目覚めた。そして今みた夢が大地震を知らせる霊夢だと直観した。翌日、皆さんもご存知のとおり熊本地震が起き、多数の死傷者をだしたことは記憶に新しい。

このことから導きだされるメッセージは、非常に重要である。まず熊本地震に関しては人工地震説というものが巷では囁かれている。実際に熊本の被災地付近である人がガイガーカウンターで放射線を計測したら異常値がでた、という話も聞いたことがある。人工的に地震を起こすことのできる技術があるというのは事実のようだが、実際に熊本地震が人工地震であったかどうかはわたしにはわからない。

わたしがみた霊夢の中の、大地の女神（ネイティヴ・アメリカンの神話に登場する大地のスピリットも女神である）は憤怒の形相だったと書いた。では、その怒りの矛先は誰にたいしてむけられていたのか？　もし熊本地震が人工地震であるとすれば、そうした大それたことを企てる人間にたいして怒っていたとも言えよう。

が、現在のわたしはこう思っている。わたしを含むおおよそ全人類にたいして怒っていたのではないか、と。このことだけでも、こうした一連の体験を公にしようとするわたしにとっては大きな動機となっている。

つまり、人工地震兵器によって熊本地震が起こされたとしたらもちろんのことであるが、前科がないだけで「善良な市民」というような呼び方で報道をされるわたしたちは、本当の意味で善良なのだろうか、ということである。

地球上のすべての生物の中で、まるで決定権は自分たちにしかないと思いこんでいるかのように、わたしたちはこれまでずっと傍若無人にふるまってきた。美しい山々にダムやトンネルをつくり続け、野生動物の生活空間をソーラーパネルと風車でおおいつくし、海岸をテトラポットで埋めつくし、浅瀬を埋めたてて工場を建設し、木々に枯葉剤を撒き散らし、見渡すかぎりの地面をアスファルト（大気汚染の主要原因が、二次有機エアロゾルを排出するアスファルトであるということが、二〇二〇年にアメリカの研究者チームによって解明されている）やコンクリートでおおいつくして大地の息の根を止め、処理するテクノロジーももたないくせに排出し続けている核廃棄物を自然の懐深くに埋設し、生活排水を海や川に垂れ流しておきながら、それらの所為にたいして微塵も罪悪感を感じずに生きてきたこの無神経なわたしたちである。

あなたがこの大地の主人だとしたら、激怒しないだろうか？　激怒する程度ではすまないことをし続けてきたのがわたしたちなのだ。縄文時代と比べたら、なんたる退化だろうか。女神の怒りとは、そうしたわたしたちの生きかた一切合切に対する怒りなのだ。

この霊夢を見て以来、それまでも自然保護に深い関心があったわたしのものの見方はより先鋭化し、わたしを行動にまで駆り立てるようになっていった。それまでひとりで山籠り修行にいったり、きりもみ式の火起こし器を自作しては満足していたわたしは、いつの間にかダム建設派に転じた熊本県知事に直訴文をおくったり、ゴミ袋片手に山に入り、グリース・チューブ（腹立たしいことに、伐採したあとの山には必ずこのグリース・チューブが散乱している）や、誰かが放り投げていったペットボトルを拾ったり、とこういうことをひとりでしはじめた。

幣立神宮《へいたて》（＊一万五千年の歴史をもつ日本最古の神社。熊本県上益城郡山都町）の東御手洗のご神水をいただいて、ニニギノミコトに倣《なら》ってひとりで水俣の海を浄めたのもそんな時期のことであるが、このことに関してはこれまで誰にも話したことがない。


日本の環境問題は限界をとうに越えている。わたしたちのような一般市民はもちろんのこと、政治家の中にももっと活動する人がふえたらいいのに、とわたしは思っている。が、すでに遅きに失している。その原因は、わたしたちが自然環境というものを外部の問題ととらえているからに他ならない。実のところ、このことがあらゆる問題の根底にあるとわたしは思っている。自然はわたしたちが保護する対象ではなく、わたしたちそのものだという認識が多くの人々からは欠如しているようにみえるのだ。

それに、自然がわたしたちそのものだという非二元論的な認識があれば、サバイバルという概念そのものも変容してくるのだ。

実際、自然との和合性が高ければ高いほど、原野で生き残る可能性が高くなる傾向がある。自然と自分とが分断されていないからである。この、分断ということがわたしたちの中に巣食う元凶なのである。

つまり、サバイバルにおける最高かつ最強のツールは心なのだ。心は時間と空間を超えるからだ。このことに関しては、いちどスピリチュアルな経験をすると合点がいく。大地震を予知夢としてみる能力が備わっていれば、物理的なサバイバルのハードルは圧倒的に低くなる、とわたしは言いきる。

誤解がないように述べておくが、わたしはサバイバル・ツールやその技術を否定しているわけではない。それらはもちろん必要なものである。

とにかく、現代の日本では、環境問題はもっとも重要性の低い事柄であるかのように感じられて仕方がない。皆で寄ってたかって自然を破壊しているのがこの国である。

このことはいちど、元環境省事務次官にたいしても、酒を飲みながら言ったことがある。たとえば、日本では、経済産業省と環境省が相互の領分を犯すような主張をして、それが争点になったとする。すると経済が優先されてしまうのだ。そもそも経済と環境を同一次元で論じること自体が、この国がまだまだ発展途上国である証だ、と。氏は深く頷いていた。角栄の日本列島改造論から何十年が経過したと思っているのか、と言いたくなる。

これは何にもまして重要なことなので、この際、はっきりと書いておくが、政治でもっとも重要な仕事は自然をケアすることなのだ。防衛、外交、経済、教育、福祉、その他のすべてが世界一になったとしても、自然のケアがなされていなければ、何もしていないのと同様である、とここで断言しておきたい。

そうしたことに触れずに日本人の優越性を語ることが、なんと空虚なことか！

いずれにしても、この女神の霊夢以来、わたしはそれまでよりもずっと自然との絆を強く意識するようになっていった。


それから数年後、この大地の女神に関して自分でも信じがたいような体験を南阿蘇ですることになるが、このことはあまりに非現実的過ぎて（いまだにわたしはそれが自分の思いこみではないかと疑っている）、スピリチュアルな内容をたくさん書き連ねているこの本の中でさえも、それを書くことをためらっている。

これまでの文章を読んで、まあ信用できるかもしれないと思っていた人たちが、それを書いたことによって「そんなことはあり得ない」と思い、一気に懐疑派に転じてしまいかねない可能性を含んでいると思えるからだ。

現時点では、この体験はわたしの心の奥の院だけにしまっておくことにしたい。が、奇跡は厳然と存在する、ということだけは断言しておきたい。なお、この体験は「六　山奥で異形の者と遭遇」とはまた別の話である。

六　山奥で異形の者と遭遇

この体験をしたのは二〇〇三年だったと記憶する。わたしが東京から帰郷したその年の冬に遭遇した体験である。当時のわたしはまだ三十代なかばだった。

はじめにお断りしておく。目にみえる範囲の世界しか信じない人は、この話は読まないほうがいいかもしれない。それくらいこの話がぶっ飛んでいるからだ。この題名ですら、これでも控えめに付けたくらいなのだ。

それはスピリチュアル的な要素も含んではいるが、その全体像は、自分で言うのもおかしいが、信じがたい内容である。あまりにも非現実的過ぎて、わたしの中に眠っているこの記憶は、あたかも誰か他人が経験した記憶ででもあるかのように感じられることがあるくらいだ。

このころのわたしも、今と同様に日夜座禅を続けていたが、まだとても習熟しているとは言いがたいレベルだった。気持ちの上でも、当時のわたしはそれほど瞑想にコミットしていたとは言いがたい。自分がきめたルーティーンだから守っているのだ、くらいの取り組みかたであった。自己批判をこめた言いかたをすれば、まだ十分に人生にコミットしていなかったということである。人としてもまだまだ荒削りで、自然の懐に入るにふさわしい成熟した精神性とは程遠かった。

十二月中旬のある晩、遅くまで残業をしていたわたしは、夜の十時ごろに、いつもの国道三号線を通って自宅へ帰っている最中だった。そのときふと、山の中で瞑想をしながら朝まで過ごしてみたくなった。月夜の不知火海《しらぬい》（＊八代海の別名）をみながらハンドルを握れば、誰だって日ごろいだいたことのない発想にとり憑かれるというものだ。ふとした衝動のようなものだった。

渋谷のモンベルに展示されていた岩によって変えられてしまったこのわたしである。深夜にそんな衝動が湧きあがってきたとしてもなんら不思議ではなかった。

帰宅するとリュックの中に飲み物とヘッドライトと寝袋だけを詰めこんで、ふたたび車に乗りこんだ。そうだ、このときなぜか（東京で合気道をしていたときに買った）木刀をひっぱりだしてきて車の後部座席に放りこんだ。クマがいないはずの水俣の山でそんな武器を携帯する必要などなかったはずだが、今思うと、自分の中の無意識がそうさせたような気がする。なんど思い出してみても、ここにスピリチュアルな働きかけがあったとしか思えない。

しかし、もともとは思いつきの軽はずみな計画である。十二月の中旬だというのに、テントがなくても、寝袋でなんとかなると思ったことからもそれはわかる。実際には、それでなんとかなったのだが。この話はそんな呑気な話ではおわらない。


話を先に急ぎたいところだが、ここにはサバイバル上重要な教訓があるので、先にその部分だけ説明をしておきたい。直観的に木刀をもっていったことは重要な点である。それがあとでどのようにして役立ったかということをここで話してしまうと、あとの楽しみが少なくなるのであえて触れないでおく。車にのる直前になって、こんなものはいらない、と理性の声に邪魔をさせなかったのがよかったのだ。

とにかく重要な点は、直観にしたがえということだ。このことはサバイバルに限定しなくても、わたしたちが日々暮らす生活のすべてにおいて当てはまるものだとわたしは思っている。

国道 3号からの不知火海(切通付近: 筆者撮影)
遠くに見えるのは天草諸島

最初に、突如として閃《ひらめ》いたアイディアが直観である。往々にして、最初に閃いたアイディアを牽制するのが理性である。直観とは、まるで外部から自分の心の中にポーンと入りこんできたもの、天から落ちてきたもののように思える。それを、わたしたちが過大評価し過ぎている理性に邪魔させてはならない。自分が優秀だと思いこんでいる人間ほど理性に足をすくわれる傾向にある。

もういちどくり返すが、サバイバルにおける最高のツールは心であり、そのツールに仕事をさせたければ、内側のお喋りをやめて直観を受けいれるのだ。内側のお喋りが多ければ多いほど、直観は望めないことになる。内側のお喋りの別名は思考である。発信元不明のいかなるメッセージもわたしたちの堅固な自我のシールドに遮られて、入ってくることができないこととなる。神秘思想家で有名なスウェーデンボルグ（＊スウェーデン出身の科学者、神学者、神秘思想家。代表作に『霊界日記』がある）も同様のことを言っている。

とにかく、わたしの経験上、直観やフィーリングなどのメッセージは発信元不明ではあるが、その怪しい素性に反して信用できるのだ。注意すべきは、単なる思考を直観と取りちがえないことである。そういうこのわたしですら、今も時々この落とし穴にはまってしまうことがある。

内側のお喋りをやめることの重要性について説明してきたが、ここまで書いて、重要なことを思い出した。学生のころ、わたしはイエズス会神父の聖者のごときクラウス・リーゼンフーバー先生（「二十七　リーゼンフーバー先生の逝去」をお読み下さい）にたいして、仕事中の心のおきかたについて尋ねたことがある。

そのとき先生は「距離をおいて下さい」という短い箴言《しんげん》を下さった。当時のわたしはこのことの意味を測りかねていたが、今ではそれがよく理解できる。

山奥での体験に話をもどす。

十一時ごろに出発して、わたしは人気のない県道を山の奥へとむかった。むかった山の名は伏せる。山と人命の両方を守るためである。民家がなくなると、山道は野生動物の幹線道路と化す。ヘッドライトの光に驚いて路肩に飛びのくイタチや狸をやりすごしながら、わたしはその山の懐深くへと、吸い込まれるように入っていった。

野生の小動物たちは面白い。車を怖がりながらも興味があるとみえて、安全圏であるガードレールの下からこちらをみていたりする。そこらじゅうでライトを反射した目が光っているので、それとわかるのだ。

前オーナーがスポーツマフラーに替えていたせいで、スバルの中古車からはドロドロという爆音が山じゅうに轟いていた。当時のわたしはまだ、スピリットの類とのコミュニケーションは未経験だった。それでも、目的の霊山の懐に入ると、そうした目にはみえない存在の怒りを買っているのではないか、という気がした。スバルの四気筒から排出される音はそれほどうるさかったのである。

しかし、何者かの怒りを買っているのではないか、と思ったこの直観が間違いではなかったことはあとでわかる。

車を目的地近くの路肩に駐車したとき、時計はすでに深夜の十二時をまわっていた。ヘッドライトをつけ、リュックを背負って木刀をもつと、鍵をシリンダーにつっこんで車のドアをロックした。

その瞬間、ゾクっとした。

今までに経験したことのなかった闇に囲まれていたからだ。平地と山中とでは、同じ闇に包まれるにしても、その感覚には相当なへだたりがある。これは経験した者でなければわからない。自分以外には誰ひとりいない原野の中で、光が一切ないということの恐怖感は相当のものだ。

が、この闇の恐ろしさにはもうひとつ特別な理由があった。周囲の茂みや木立の背後に、こちらを襲おうと身構えている闇の存在がひしめいているように感じられたのだ。これはもののたとえではない。本当にそう感じたのである。わたしがこれまでに自分の直観を信じることでこうむった損害は、直観を信じなかったことでこうむった損害に比べれば微々たるものである。

車をとめた場所から目的の岩場までは、背の高い枯れ草におおわれた、なかば獣道と化した小道をかき分けて進まなければならなかった。昼間にきた経験がなければ迷ってしまうような場所である。

このとき奇妙に思ったことがある。真冬にもかかわらず、大気が生暖かかったのだ。相当な違和感をおぼえたせいか、生死にかかわるあれほど凄まじい体験をしたにもかかわらず、いまだにこの気温のことはおぼえている。もう二十年も前のことだというのに。

山籠りする場所に着くと、わたしは背中からリュックをおろして寝袋や飲み物をとりだした。その場所には巨石があり、その巨石を囲むようにしてわずかばかりの空間がひらけている。本当はこの巨石について簡単な描写をしたいところなのだが、それをするとこの山が特定されやすくなってしまうので、あえて秘密のままにしておきたい。

リュックや木刀を岩に立てかけると、わたしは寝袋の紐をといた。寝袋をひろげると、ちょうど掛け布団ほどの大きさになった。

そのひろげた寝袋を肩からかけて、しばらくのあいだ座ったままじっとしていたわたしは、そのうちに睡魔に襲われて剥きだしの地面に横になった。横になった直後はひんやりと感じられた地面も、寝袋で体をおおうが早いか、すぐに気にならなくなった。

けっして高山というほどの標高ではなかったが、無数の星々がとても近くに感じられた。一方で、梢《こずえ》をふきぬける風の音が大きく響いていたが、時折闇の奥から響いてくる、竹どうしのぶつかる乾いた音によって打ち消された。

風の音に慣れてくると、冬の星座や、流星のようにして夜空を流れる人工衛星の光などを発見することに楽しさを感じる余裕も生まれてきた。

ところが、星が雲間に隠れると、とたんに地面から這い上がってくるような恐怖感を感じたのをおぼえている。

ひろげた寝袋を掛け布団のようにして体にかけ、けっしてその中に入ることはなかった。なぜかこの夜のわたしは、あるはずもないのに、何かに襲われた場合を想定して行動していたのである。それは自宅から木刀をもってきたときから一貫していた。

もし寝袋の中に頭までスッポリと包まれて眠ってしまっていたら、今ごろわたしは生きていなかったかもしれない。

しかし、あとたった三度でも気温が低ければ、わたしはどうしていただろうか？　条件が変わったとしても、自分の、根拠のない直観にしたがい続けていただろうか？

サバイバルというものは、些細な、たったひとつの選択ミスが命とりとなる。

ちなみにわたしはこの体験をしたために、マミー型の寝袋は買わないことにきめている。自分が本物のマミーになってしまわないためにも。


今この文章を書いている最中に、奇妙な想像が頭に浮かんできた。それは何かというと、もしわたしがここで命を落としていたとしよう。だが、その遺体はかなりの確率で、発見されることはなかったであろう、ということだ。

なぜか？　自分でもわからないが、なぜかわたしにはそう思えて仕方がないのだ。単なる妄想として片づけられてしまいそうなことだが、直観からくる妄想はときとして非常にリアルだ。インスピレーションや直観の類と、単なる妄想とを区別することは一般人にはなかなか難しいことに思われる。


神経が警戒態勢に入ったまま、いつしかまどろんでいた。が、何か異変を感じればすぐに目覚めることができるよう、浅い睡眠状態で体を休めていた。

数十分かせいぜい小一時間が過ぎようかというころ、頭はまだ完全に覚醒していないのに、神経が何かに反応して目が覚めた。直後に恐怖を感じた。わたしは急いで体を起こし、その恐怖がどこからきたのか見定めようとした。

するど、林の暗がりからある音が聞こえてきた。最初はかすかだったその音は、刻々と大きな音へと変わっていった。その音から色んなことがわかった。

音は明らかにこちらのほうへとむかってきていた。と同時に、恐るべき事実が判明した。その音の主はなんと二足歩行だったのだ（これ以上に、恐ろしい事実があろうか？）。それはあり得ないと思ってなんども耳を澄ませてみたが、間違いはなかった。余談になるが、こと動物の足跡のことになると、その分析は一般人が想像するよりもはるかに難しい場合がある。が、足音に関してはもっと容易だ。なぜなら、音は誤魔化すことができないからである。

これだけでもわたしを縮みあがらせるには十分であったが、もっと恐ろしいことがわかった。それは規格外に大型の生き物の足音だったのである。大型といったが、鹿やイノシシでもまだ小さい。クマでもまだ小さい。が、クマよりも大型の二足歩行動物などいない。

それよりだいたい、深夜の二時に、真っ暗な原生林の中を歩いて、わたしの身体や息から発せられるわずかな臭いを嗅ぎつけて接近してくる二足歩行の生き物なんて存在するはずがないのだ。

あと二十メートル足らずでその怪物が林の中からあらわれると思ったが早いか、わたしはヘッドライトをつけて木刀を握りしめ、背にしていた岩の上に駆けあがった。今思い出しても、わたしはいつ寝袋や飲み物をリュックの中に入れ、それを背負ったのかまるでおぼえていない。おぼえているのは、木刀を握りしめて岩の上に駆けあがったことだけである。そのとき右手の甲を岩にしたたかにぶつけてしまった。が、痛さを感じるだけの余裕すらなかった。わたしがそのときすぐに逃げなかったのは、車までの距離を考えると、逃げている最中にうしろから襲われると思ったからだ。わたしは岩の上に仁王立ちして、足音のする林のほうへと体をむけた。

わたしは肩で呼吸をしながらじっと待った。こちらが恐怖に駆られて岩の上に移動したことなど、先方にとっては丸みえのはずだった。が、わたしの予想に反して、足音は早まるでもなく遅くなるでもなく、それまでどおりの歩調のままでゆっくりと近づいてきた。その歩調には威厳さえ感じられた。

このころになると、わたしの中からは恐怖さえ逃げ去っていた。

そして、ついにその存在は、岩場に面した木々の背後にまできたようだった。足音がそこで止まったのである。

わたしは本能的に、木刀を岩にしたたかに打ちつけていた。火がでるほど激しく。その存在を威嚇《いかく》しようと思ったのである。

これは絶体絶命の賭けだった。それが相手を刺激した結果、その場で殺されていた可能性があったからだ。しかし、威嚇しなかったにしても、同様に殺されていた可能性はあった。これも冷静に考えておこなったことではない。ほとんど本能的におこなったことなのだ。

予想外のことが起こった。

岩を叩いた木刀の残響がまだ完全に消え去らないうちに、茂みの中からどえらい咆哮《ほうこう》が轟《とどろ》いたのである。

まことに腹立たしいかぎりだが、それを再現するにふさわしい言葉がない。五十音の中の音ではとうてい表現できないのだ。幼稚な表現をするならば、その声は野生動物のどの声よりも大きかった。高い音、低い音、くぐもった音、それらすべてがその声の中には混ざっていた。例外もあるが、だいたいにおいて声の質感や大きさは、それを発する生き物の大きさと比例している。そして足音の大きさも同様である。野良猫はライオンのような雄叫びをあげることはできないし、アライグマが象のような足音を立てることはない。

その声だけでその正体を想像するならば、わたしには巨人という二文字しか浮かんでこない。声の中に獣特有の質感も混ざっていたので、わたしたちと同種の二足歩行動物ではないように思う。

そのことを考えると、いわばビッグフットの巨人バージョンのような生き物ではないか、とわたしは想像する。今こうして、そのときに聞いた怪物の声を思い出そうとすると、わたしは瞬時に、あの冬の、あの場所にひきもどされてしまう。怪物が雄叫びをあげたとき、その唾が届く距離にわたしはいたのだ。

森じゅうに反響するほどの雄叫びをあげた怪物はためらっているのか、すぐに林の中から躍りでてこようとはしない。それを幸いとばかりに、このときになってようやくわたしは後退りしはじめた。本当は草叢《くさむら》の中を走って一目散に車の中に逃げおおせたかったのだが、そうすると背後からやられると思うだけの冷静さは残っていた。

わたしは声のした林のほうをヘッドライトで照らしながら、一歩また一歩という具合に、木刀を構えたまま数十メートルを後退りした。今思えば、懐中電灯ではなくてヘッドライトを持参したことは正解だった。

いまだに疑問に残っていることは、このときのわたしは木刀やリュックを後部座席に放りこんで運転席に乗りこんだのか、それともそのまま運転席に乗りこんだのか、という今となってはどうでもいいことである。

わたしは人生の中で少な目に勘定しても六回ほど死ぬ目にあっている。そうしたことをなんとか切りぬけて今こうして生きているわけだが、そのときの記憶をよび起こしてみるとき、なぜか不思議と些細な部分が気になってくる。

人の記憶というものは薄れていく。重要なことだけを残して、比較的重要度の低い記憶は心の奥の院から消えていく運命にある。だからこそ、消されていった些細なディテールが気になるのだ。

わたしはなんとか車の中に逃げおおせた。このときほどあのポンコツのインプレッサがありがたく思えたことはない。人間とは単純な生き物で、なんとか鉄の塊の内側に逃げおおせた（実際にあの怪物があらわれたら、車でさえ盾にはなりえなかったであろう）と思うやいなや、こんどはとたんにその怪物の正体が気になりだしたのである。

わたしはそのまま車の中で数時間、世界がほんのりと白みはじめるまでその場にいた。が、その怪物は結局、車のほうまでくることはなかった。わたしの知るかぎりでは。

真冬にもかかわらず、わたしはたっぷりと汗をかいていた。

エンジンもエアコンもきったまま何時間も動かずにいたせいで、わたしの体は冷えきっていた。それがわかったのは、車を走らせはじめてエアコンがやっと効きだしたときである。

そのとき同時に気づいたことがもうひとつある。右手の甲がうずいたのだ。アドレナリンがで続けていたせいで、岩に駆けあがったときに右手の甲をしたたかにぶつけたことを忘れていたのだ。みると、三センチほど皮が剥けたところからうっすらと血が滲んでいた。わたしは途中の路肩に車をとめて、グローブボックスからバンドエイドをとりだして傷口に貼った。

今思い出してみると、どうもあの怪物は、わたしの車がその山の麓あたりに入ったときからすでに気づいていたのだろうと思う。それからずっとわたしをストーキングしてきたのだろう。

しかし、あの存在とは一体何者なのか？　わたしたちヒトとは異なる進化の仕方をした霊長類の一種なのだろうか。ギガントピテクス（＊三十万年前まで生きていた史上最大の霊長類。身長三メートル、体重五百キロに達した。アジア広域に生息）の生き残りであろうか。

あの足音と咆哮から想像するかぎり、どんなに低く見積もっても、あの生物の身長は絶対に三メートル以下ではあり得ない。誰がなんと言おうと、ここは譲れない点である。

もっとオカルト的な解釈もできる。あの場所に鎮座している岩は、わたしの見立てでは明らかに霊石の一種だ。どうもあの周辺に異次元ポータル（＊異次元への出入り口）のようなものが存在し、あの怪物はその門番のような存在だったのではないか。だとすれば、わたしを脅してあの神聖な場から追いだすことができた以上、殺す理由がなくなったのではないか。むこうとて、わたしを殺害したことで、意図せずあの場所が衆目を集めてしまう結果となるのはさけたかったのかもしれない。

実は、そうも考えたくなる理由が他にもある。

東京から帰郷したその年、わたしは蛍をみにこの山の麓までいったことがある。そのときはまだそれが霊山であるということを知らなかった。

水田の上空を乱舞する蛍の美しい風景をみおわって車のエンジンをかけようとしたそのとき、異様な光景に気づいた。前方から蛍よりもはるかに大きな光球が飛んでくるのがみえたのだ。

その光球はオレンジ色に発光しながら、南西の方角から龍が空へ舞いあがるときのような動きをしながら飛んできた。そして、わたしの車の前方百メートルくらいにまで接近し、その後わたしが怪物に遭遇したあの山の中へと消えていった。

それからもうひとつの話はもっと過激である。そのため、この話とはちがう箇所で披露することにしたい。いずれにしてもこの山には何かがある、とわたしは信じている。

その一方で、あの怪物がわたしの前にあらわれた根本的な理由を考えると、わたしの中に巣食っていた現代人の生き方を否定したかったのではないか、という気がしてくる。

月山（＊出羽三山の主峰。山岳信仰の山として崇敬を集める）修行にきた役行者（＊修験道の開祖とされる超能力者）が月山大神から「まだ修行が足らん」と言われて追い返されたことを引き合いにだすのは、メダカが鯨を引き合いにだすようなものだが。座禅の習慣があるだけの、その実、頭のてっぺんからつま先まで、どこを切りとっても物質主義しか見当たらない当時のわたしにたいする、強烈なダメだしだったような気がしてならない。

サバイバルにおいてはスピリチュアルな閃きが生死を左右する、ということを語ることが目的の体験談にしては、あまりに過激過ぎる内容の話であろう。が、実は、この話には後日談がある。しかしながらこの巨人遭遇譚があまりに長くなるとこの本の趣旨にそぐわないため、もしこの本がある程度部数をのばしたら、重版するときにでも加筆するかもしれない。

七　断食と末期ガンからのサバイバル

これは、スピリチュアルなサバイバルを絵に描いたような体験である。

二〇二三年。夏ごろからずっと体調不良が続いていた。原因不明の疲労感は日常生活に支障をきたすほどまでになっていた。家内からは「最近、頬がこけてきてない？」と指摘された。そのうちに右胸の側面あたりが疼《うず》くようになってきた。三年前に肝臓の位置が三センチずれてからずっと痛みが続いていたが、その痛みともちがう痛みだった。そしてその痛みは姿勢の変化によって圧力が加わると、鋭い痛みとなった。どうも末期ガンのようだな、とわたしは直観的に思った。

実のところ、そう思ったことにはもうひとつの理由があった。胸の痛みが生じる少し前に、重病に罹るという内容のありありとした予知夢をみていたのである。そしてその夢は、神仏の助けを得ることで辛うじて助かると告げていた。そのとき仏の化身はわたしに「あなたは心がきれいだから助ける」と言った。心がきれいかどうかは大いに疑問が残るところではあるが、これが紛れもない神仏の夢告であるという点には疑いの余地はなかった。

家内はすぐに病院で検査することを強く勧めたが、わたしは頑《かたく》なにそれを断った。半世紀以上もつきあってきた自分の身体のことである。しかも、一般人よりも段違いに深いかかわりかたをしてきた自分の身体である。だいたいどんなことが内側で起きているのかはわかっているつもりだった。

それに、肝臓の位置が移動した原因や対処の仕方もわからないような医者に、わたしの身命をゆだねることが嫌だったのである。抗がん剤を与えられて、ガンに対峙する力さえも奪われてしまうのが関の山であると思った。

それにもしかすると、この病気（ガン）を招いた原因は、前年に服用した、海外製の対疫病薬にあった可能性がある、とわたしはひそかに考えていた。なぜなら、有害物質を長年にわたって吸収してしまうと、わたしには右手の親指の爪に黒い線が出現する特徴があったのだが、その薬を服用した直後に、この黒い線があらわれたからである。

これほど短時間で黒い線があらわれたということは、その薬が劇薬を意味するということである。身体が大きなダメージを受けたということを、爪の色によって主人に警告していたのである。


わたしはこれでも多少なりと、禅家のまねごとをしてきた人間である。人前では謙虚ぶって「野狐禅《やこぜん》（＊禅宗において、禅に似て非なる邪禅のこと）のようなものです」と卑下したところで、禅に費やされた途方もなく貴重な時間が、現在の自分をつくっていることは否定しえない事実である。禅味に触れた人間には、それ相応の流儀というものがあるのだ。白隠も己の病身を医者にゆだねるようなヘマはしなかったではないか。

わたしは断食をすることで身体を一時的なショック状態におとしいれて、ガンを内部崩壊させてやろうときめた。死の萌芽にたいしては、小さな「死」を突きつけてやるのだ。それに、神仏も自助努力をしない人間を助けることはない、と思ったからである。断食の開始日は九月二十九日ときめた。

ところが、そうきめたその晩のことである。

夢にわたしの生まれ故郷である水俣の八幡神社（正式には、濱八幡宮）がでてきた。水俣の八幡神社はわたしの産土《うぶすな》神社である。わたしがおぼえているかぎり、水俣の八幡神社が夢にでてきたのははじめてである。

夢の中のわたしは八幡神社を参道から眺めていたのだが、どこからかミストがでているのが印象的だった。実際の八幡神社にはそうした装置はない。

ミストで演出されたその清々しい雰囲気は明らかに、わたしにたいするメッセージのように思えた。それに、人生ではじめて夢の中に産土神社がでてきたということは、やはり今自分が患っている病気は大病に間違いない、とも思えた。産土神とは、生まれる前からわたしを守護して下さっている神様だからである。

八幡神社によばれていると思ったわたしは、翌日の午前中に百キロ近く離れた水俣まで車を飛ばして、八幡神社を参拝した。が、翌日になってもまだ痛みがあった。圧力がかかると、今までと同様にキリリと痛んだ。

これまでの経験上、わたしの夢にあらわれる神社は特別な意味があることがほとんどだったのだが、今回ばかりはどうも思い過ごしであったようだな、と思い直した。

ところが、その翌日に変化が訪れた。あれほどの痛みが雲散霧消していたのである。わたしはすぐにお礼参りをした。結局のところ、予知夢のとおりになったのである。

が、いちど断食をするときめたため、わたしは九月二十九日から断食をはじめ、八日後に断食をおえた。八幡神社のお陰を授かることができた理由のひとつは、この断食の決意だったようにも思われたからである。

断食をきめた直後に八幡神社によばれ、その二日後に病気が治ったということは、横尾忠則画伯も言っていたように、何事かを決意すると、それはもうおこなったのと同じことになる、ということではなかろうか。

以前、五日間の断食をしたことはあったが、今回は今まででもっとも長い断食となった。八日間の断食をしてわかったことが色々とあった。まずは毎日座禅をしている影響か、体力はそれほど落ちないということである。

わたしは断食をしているあいだほぼ毎日運動を課していた。走ったり、腕立て伏せをしたりしていた。もちろん仕事もしながらである。そのほうが身体を追いこめると判断したのである。

断食中は当然のことながらまったく食べなかったが、その分飲み物は種類をきめずに、飲みたいものを飲んだ。が、このやり方は途中で後悔することとなった。飲み物の中には糖分、脂質、塩分、アミノ酸など、たくさんの栄養素が入っているので、これではなかなか身体を追いこめなくなるのだ。

そして、それに加えて座禅が身体をサバイバル体質に変えてしまうのか、飲み物しか摂取していないにもかかわらず、体重が数百グラム増加するという不思議な現象が二回あった。また、四日目から宿便がでるようになった。何も食べていないのに、この宿便は断食をおえるまで、量の変化こそあれずっと続いた。だから宿便なのだろうと思う。座禅に関して言えばいつもどおりで、別段変化は感じなかった。

したがって、座禅を続けていればエネルギーが体内に湧きだしてくるので、一週間くらいの断食をしても何も変わらないということがわかった。意識がフラフラすることもなければ、集中力が落ちることもない。強いて言えば、思考のスピードが若干落ちてくるせいで、瞑想にはむしろプラスになったほどだった。

一般のかたには理解しがたいことかもしれないが、「あの人は頭の回転が速い」というのはわたしたちにとってはあまり褒め言葉にはならない。そのつど生じてくる思考は、自我の軍勢と化す前に、空に溶けいる雲のように雲散霧消することこそが、瞑想を習慣とする人間にとっての思考のあり方となってくるからだ。

上: 水俣の八幡神社(筆者撮影)
下: 清々しい空気が満ちている拝殿(筆者撮影)

八　世界ではじめてデジャヴの謎を解明する

大袈裟な題名に聞こえるかもしれないが、この話は確固とした実体験に裏付けされている。デジャヴに関しては、誰でもいちどは聞いたことのある言葉だと思うが、この現象の謎はいまだ未解明のままである。それを完全に解明したとする、わたしのこの体験談はいつかどこかで発表したいと思っていたことである。

このデジャヴという現象に関しては多くのかたが経験したり、話を聞いたりしたことがあると思う。それほど多くの人が経験しているにもかかわらずその現象の謎が解明されていないというのも、まことに不思議な話である。それにはそれなりの理由がある。

この体験をわたしがしたのは、今から六年前である。

熊本市の郊外に、夏目漱石の『草枕』の着想となったことで有名な小天《おあま》温泉がある。この近辺には休火山である金峰山があるので、温泉がでるというわけだ。この日の目的地はこの小天温泉だった。

車を運転して目的地へとむかっていたわたしは途中である標識を目にした。青い交通標識に記されていた文字は「拝ヶ石《おがみがいし》巨石群」であった。

わたしの関心は一気に温泉から巨石のほうへと方向転換した。はじめてきた場所であったが、方向感覚に自信があったわたしは難なくたどり着けるだろうと思っていた。ところが、標識のとおりにいってみてもなかなかたどり着けないのである。

今思い出してみても、このときのことは不思議としか言いようがない。まさに狐につままれたようであった。業を煮やしたわたしは車を駐車して、歩いて探すことにした。長い人生でこんなことをしたのははじめてである。

今思うと、このときのわたしはなんらかの力によって、そうするように導かれていたとしか思えない。

そしてある坂道の下まできたときに、それは起こった。

路地の下から坂の上の風景をふと見あげたとき、強烈なデジャヴの感覚が湧きあがってきたのである。それは以前どこかでみた風景だったのだ。そしてこのデジャヴを感じたのとほぼ同時に、以前この風景をみたのが夢の中であったことを瞬時に思い出していた。

霊夢や予知夢というものをみるようになってからというもの、自分がみた夢の内容には最大限の関心をはらってきていた。確実に霊夢だと思えるような夢はもちろんのこと、霊夢と即断まではできぬまでも、気になる夢は可能なかぎり記録するように習慣づけていた。

そうした経緯があったから、ここでデジャヴを感じた瞬間、わたしにはそれが夢でみたのと同じ風景だということがすぐにわかったのである。


だから、デジャヴ体験とは、過去にみた予知夢を想起する体験のことなのだ。これは、意図せずわたしの体験が証明してくれた。

そうした意味では、デジャヴを経験した人たちには予知能力があるということになる。だからデジャヴは並行世界からもたらされた情報でもなければ、単なる思いこみでもないし、前世で体験した記憶でもない。もし前世で体験した記憶ならば、真新しい建物を訪れたときにデジャヴを感じることはないはずではないか。

もちろん、デジャヴが予知夢と関連があるのではないかとする意見は以前からあったようである。が、それらはあくまでも推測の域をでなかった仮説である。けれども予知夢を日常的に頻繁にみ、そしてそれらの予知夢を記録として管理してきた人間が、十全な意識体験として「デジャヴ現象は、予知夢の想起である」と確信したのである。


ここから色んなことがわかった。ひとつは、なぜこれまでデジャヴが解明されてこなかったのかということ。おそらく世界中の人たちがデジャヴを経験していると思う。わたしの周囲の知人に訊いただけでも、半数以上の人が何回も経験したことがあると言った。

これほど広く共有されている現象にもかかわらず、それがいまだ未解明であるその理由は意外と単純だ。わたしが体験したとおり、予知夢をみたのが時間的にずいぶん前のことだから、夢とデジャヴを結びつけることができないのだ。

ふつうの人は（わたしのように極度に夢の内容に関心をもっていない常識的な人たち）、よほど不吉な夢や「意味深な」夢以外はすぐに忘れてしまう。たとえば、自分が殺される夢や、重い病気に罹ってしまうような気がかりな夢は数日のあいだはおぼえているものだ。

ところが、ある街の風景をみたとか、ある建物に入ったとか、日常のなにげない生活や世界観を延長しているだけのような無害な夢は、目が覚めると同時に忘れてしまう傾向にある。だから一年後にその夢でみたのと同じ風景を現実世界でみてデジャヴを感じたとしても、なんとなくみた気がする程度でおわってしまうのだ。

ふつうの人は、その既視感の原因が一年前にみた夢の内容にある、などと思うことはまずない。自分がみたなにげない夢にたいしては、それほど注意をはらっていないからだ。それに、ふつうの人には、そもそも予知夢と通常の夢との区別すら困難なのである。もし予知夢を半年前や数ヶ月前にみていたとしても、今自分がデジャヴを感じたその風景が、夢の中でみたのと同じだとまではわからないものである。自分に予知能力の片鱗があるなどと考えたことすらないことも、この現象をミステリアスなままにしてしまうことに大きな影響をおよぼしている、とわたしは思っている。

もしその既視感の原因が夢の内容にあると多くの人が感じたならば、このデジャヴという現象はとっくの昔に解明されているはずだ。これこそが、これまでデジャヴ現象が解明されてこなかった理由である。

それに、わたしがここで主張している理論は、大なり小なり誰にでも予知能力があるということになるため、この分野の研究が進んでいない学界のもつ先入観や常識が災いして、尚更デジャヴの解明が困難になっていたのではないか、とわたしはみている。

このように、夢にたいして関心をはらい続けてきたことが、偶然にもデジャヴの解明に繋がったということを書いた（文化人類学の研究では、セノイ族（＊東南アジアのマレー半島中南部に居住する山岳民族）にみられるように、精神性の高い民族では夢にたいして特別な関心をはらう伝統があるという例がたくさん報告されている）。

が、こう書いてきながらわたしにはひとつの大きな謎が湧きあがってきた。わたしの考えでは、座禅なり瞑想なりを長年継続していれば、ある程度そうした予知能力は副産物として生じてくる。如来蔵（＊すべての衆生には本来仏性が存在しているが、それが一時的に煩悩によって曇らされているだけだとする思想）とも表現される仏教の考える「心」とは、本来そうしたポテンシャルを秘めているものなのだ。

学生の時分に、わたしが私淑《ししゅく》していたさる師も「心には二つある」と教えて下さった。ふだんわたしたちが心と思っている日常的な心と、それとは次元の異なる心である。

ところが、実際のところ、わたしのようにしてデジャヴの謎を解明したという話はついぞ聞かない。もちろん、公になっていないだけで、解明した人がいる可能性はあるが。ずっと以前にみた夢の内容など忘れてしまうことがその主要な原因だと先に述べたが、なぜ大して重要でもない内容の予知夢をみるのだろうか。そしてなぜ、予知夢の内容が具現化（デジャヴ現象として感じられる）するのは、その夢を完全に忘れてしまうほどあとになってからなのだろうか。これを謎だと感じるのはわたしだけだろうか。そこに何か力のようなものが働いているのではないか、と感じる人はいないのだろうか。

予知夢をみて、あまり間をおかずにそれが現実化すれば、誰だって自分には予知能力があると感じることができるだろう。換言すれば、誰でもスピリチュアルなことに関心をもつようになるのではなかろうか。デジャヴをその扉として。

わたしにはどうもそれを阻害するような働きかけが存在しているような気がしてならない。これは考え過ぎというものだろうか。自我の巧妙な自己防衛手段が働いているのだろうか？　それとも外部に存在している、ある諸力からの働きかけか？

自我帝国を永続させたいとする、自我の大本営側の視点から推測すると、鉄壁の防御壁を固める自我の自律機能から、時折脱出に成功するパルチザンのようなものがデジャヴのような気がする。それは、人が「心」という存在にたいして関心をもつきっかけを提供しうるものだからである。

いずれにしても、このデジャヴについてのわたしの理論は、予知能力に関して新しい地平を提供しうるものだと思う。それに、この理論は検証可能ですらある。

もしあなたがこの仮説を検証したければ、あなた自身が中身のともなった瞑想を継続的におこない（週末だけの瞑想などではなく）、自分の夢にたいしてもっと関心をもつことからはじめればよい。すると、わたしと同じ結論にたどり着くかもしれない。

九　アンナの手紙にたいする三十七年後のわたしからの返信

わたしが予知体験をするようになるまでの、凝縮された数年間について述べたい。

はじめに、予知というものは実際に存在する。が、それをもって自分には「予知能力がある」と称することには、わたしは気がひける。なぜかと言えば、予知ということは、未来に起きるある出来事を事前に知るということだが、それをたとえて言うなら、空っぽになった意識にポーンと情報を与えられる印象があるからだ。いわば、わたしの予知能力は受け身なのだ。

仏教の長い伝統の中には予知能力をもった高僧や活仏とよばれる人たちがたくさんいたし、今も存在する。その高僧たちの中には、未来を意識的にみることのできる卓越した能力をもった人もいた。その分野の本を紐解けば、そうした人物の話がいくらでもでてくる。

このような、意識的に未来をみることのできる人に関しては、まさしく「予知能力」という表現が妥当であろう。彼らは自らの意識の原初状態から放たれる智慧によって、ごく自然と未来のことを知ることができるからだ。

だが、現時点のわたしの能力はまだまだそんな高みにまでは達していない。そうした理由から、予知能力があると自称することには強い抵抗を感じるのである。

わたしの予知能力に関して語る前に、時系列的にはその数年前になるが、人生ではじめてスピリチュアルな体験をしたことを先に述べる。わたしという存在の深いところでは、この体験と、のちのスピリチュアルな体験とは繋がっていると思われるからだ。それはこんな話である。

わたしは高校三年生のときに一年間アメリカのカトリック高校に留学をして、同校を卒業した。実のところ、これはわたしの意志ではなかった。家族に「いけ」と言われたからいったのである。

当時のわたしは無神論者だった。日本やアメリカの歴史にも疎《うと》かった。そして人間にはもっと疎かった。当時のわたしが人間や女性という存在に関して何事かを知っていたとすれば、それらのほとんどは新潮文庫版のシェイクスピア作品が情報源だった。

これはなにも、アメリカの高校生は皆シェイクスピアを愛読書にしているにちがいない、といったわたしの勝手な妄想だけから読んでいたわけでもない。魔女や媚薬や予言やらに埋めつくされた怪しく淫靡《いんび》な舞台の隅に、時折、瑠璃色に発光する真理のようなものがみえ隠れする様子に、高校生ながらもとても魅了されていたからである。そこには何かがある、と感じたのである。

今思うと、洋の東西を問わず、高校に通っているあいだじゅうわたしが先生たちから鼻つまみ者にされていた、その理由がよくわかる。

そんな若者がアメリカのカトリックの学校に入ると、どうなるか？　数週間もすると、誰ひとりとしてシェイクスピアなど読んだことさえないことに気づいた。彼らの知っている文学は、『ベオウルフ』だけだった。

そこで嫌というほど神様だのキリスト教だのの話を聞かされたわたしは、ますます頑固な唯物論者となった。のちに唯物論には、目にみえるものしか信じないという幼稚な次元から、中沢新一氏が『チベットのモーツァルト』(講談社)に書いた唯物論のごとく、きわめて甚深《じんしん》な次元があることを知ったが、このときのわたしはもちろん幼稚な唯物論者であったのだ。


そんなある日のこと、わたしが学校でのミサで神父さんからわたされたホスチア(＊キリストの身体に擬された、薄い温泉せんべいのような食べ物)を食べずに胸のポケットにしまったところを目撃した誰かが、神父さんに告げ口をした。

その結果、わたしは神父さんから問題視されるようになった。しかし、キリスト教はおろかいかなる宗教も信じていなかったわたしをなかば強制的にミサに参加させ、キリストの身体を頬張るという神聖な儀式を汚されたと言われても困る、とわたしは言いたかった。もしそのとき周囲の人に合わせて、儀式の奥義を理解せぬままホスチアを頬張っていたとしたら、それこそ儀式を汚したことになったのではないか、と今でもわたしは思っている。というよりも、そもそもわたしはクリスチャンですらなかったのだから。

ところが、こんな問題児のわたしが帰国するときに不思議なことが起こった。

あれは忘れもしない、アスファルトに陽炎のたつ、一九八八年六月の下旬。わたしののった飛行機が成田空港に着陸して、迎えにきてくれた人の車にのったとたんのことだった。一種異様な感覚にわたしは包まれた。

今でもこのときのことをどう表現すればよいのか言葉に迷うのだが、さっきまで自分が生活していたアメリカという国とは異なり「日本という国土は霊妙な土地だ」と、まさに霊感にうたれるようにして激しく感じたのである。アメリカが土と石でつくられた土地だとすれば、日本の国土は神の息吹でつくられた土地のように感じられたのである。唯物論者だったこのわたしが、である。

今「霊妙」という言葉をつかったが（もちろん、この言葉は、当時のわたしが感じたフィーリングにたいして、あとになってつけた言葉である）、これまで生きてきた人生の中において、このときほどこの言葉がマッチした瞬間はなかった。というよりも、霊妙という言葉が日本語の中にあるということは、霊妙とされる「もの」がこの国には存在しているということである。霊妙と表現されるような「もの」が存在していなければ、この言葉も存在しないはずである。
ここまで書いてきて気づいたのだが、これまでの人生において、わたしが霊妙という言葉で表現したことがあるのは、このときのことだけである。

ここで自分の中の何かが決定的に変わったようだった。まるで、それまで眠っていた、わたしの中のスピリチュアルな細胞が起動されたかのようだった。もし自分の意志とは無関係にいったアメリカ留学になんらかの意味があったとすれば、この日、たったこれだけのことを感じるためだけにいったのかもしれない、とわたしはなかば本気でそう思っている。なぜならば、知識面での収穫は唯一、アメリカという国にはひどい人種差別がはびこっている、ということだけだったからだ。

三十七年前のあの日、宗教学の授業がおわったあとの薄暗い廊下は、生徒たちの人混みであふれかえっていた。その人混みの中からぬけでてきて、すれちがいざまにわたしの手に滑りこませてきた、アンナ・テレスキーからの文通の中に書かれていた言葉「あなたはふつうの人にならないで」がなければ、わたしの精神は折れていただろう。
アンナよ、この場を借りてお礼を言いたい。君はあの日、人混みであふれかえるあの廊下の片隅で、わたしの魂を救ってくれた。

アンナよ、あの日、君の手をとおして与えられた箴言《しんげん》だけは、どうにかこうにか守ることができたように思う。でも、君はどうしてあの日、あの不思議な一行だけをわたしに伝えたのだろうか？　あの言葉は、一体君の身体のどこから発せられた言葉なのだろう？

君の名前は、聖母マリアの母親と同じ名前だ。キリスト教と、（わたしのもうひとつの母校である）君と同じ高校にたいしてまだ特別な愛着がわたしの中に残っているとしたら、あの日、君の身体をミディアム（＊霊媒）として、わたしに放たれた言葉のお陰である。

そうした霊感をもつ特別な人物としてのアンナにもうひとつ尋ねたいことがある。

長期間の、沈黙、不和、不理解、不適合、差別などに耐えたことが、時間にしては一瞬に過ぎない、ある種のスピリチュアルな覚醒に到達するための布石だった、なんていうことがあるのだろうか？　もしそうだとすれば、わたしはもっと目を見開いて、あの日々のことを、見直してみるべきなのかもしれない。アンナよ、さようなら、いつかまた会う日まで。

わたしがはじめて仏教の教えに触れたのは、今ではほぼ死語となってしまった宅浪時代だった。スピリチュアルな教えということで言えば、現役での慶應大学の受験に失敗したことを三田校舎の掲示板で確認したあとに、気分転換のつもりで寄った田町駅前の書店で、中沢新一著『虹の理論』（講談社）（その帯に印刷されていた「哲学への誘い」という言葉は、これからはじまる浪人生活のことを一瞬だけ忘れさせるほどの魔力をもっていた）という本を手にとったのが最初である。受験に失敗して気落ちしていたわたしが三十五年前に買ったこの本は今でも、手をのばせばすぐに届く本棚の中にある。

あのとき、書店の奥の棚においてあったその本を手にとったわたしはなぜか、浪人生のくせに、これから自分の人生が大きく変わっていく、と本能的に感じたことをおぼえている。そうした点から考えるとやはり、アメリカでの凝縮された不遇な経験は、そうした自分を起動させるための試練であったとも思える。

アメリカへ一年間留学していたせいで、水俣の高校に復学したわたしは半年間という短い時間しか受験勉強をすることができなかった。結果、すべての大学入試に落ちたわたしに残されていた選択肢は宅浪することだけだった。

兄が東京の予備校の寮に入っていた経緯があったせいで、実家には、わたしを予備校に通わせることのできる経済的余裕はすでになくなっていた。というよりも、長男を優先するという古い価値観が、いまだに吉田家には残っていたのである。

水俣の実家で宅浪をしていたわたしは、毎日朝から水俣市立図書館へ自転車で通っていた。特に夏ともなると、当時エアコンなどなかったわたしの四畳半の部屋はサウナと化していたからだ。浪人生のくせに、運転免許をとるために教習所に通っていた一ヶ月間だけが例外であった。

そんなある日のこと、ほとんど貸しだされた形跡のない不人気な本がワゴンに載せられて、図書館の入り口で売り物にだされていた。その本の山の中にわたしは『原始仏典』（＊初期仏教の教えが書かれた経典）という題名の分厚い本を見つけ、昼ご飯用に財布に入れておいた三百円をはらって買った。著者（あるいは編者だったかもしれない）は仏教界のオーソリティー中村元氏だったが、もちろん当時のわたしには誰だかわからなかった。

三百円で買った『原始仏典』は、自宅で勉強の合間にパラパラとみた程度であったが、教えの中にでてくる「犀の角のようにただ独り歩め」という文言がなんとなく心に突き刺さったのをおぼえている。ブッダの教えに頻繁に登場するその言葉はまるでボードレールの詩のようで、まだ社会のどこにも居場所のなかったわたしの心に響いたのであろう。もちろん当時のわたしには原始仏典の教えはまだ難しかった。それにしても、はじめて入手した仏教の本が『原始仏典』だったことは、当時の年齢を考えると幸いだったと思う。これが『大乗起信論』などの大乗仏教の論書の類だったら、難解過ぎて仏教に興味がもてなくなっていたかもしれない。

とにかく、わたしがはじめて予知体験をする前の数年間には、こうしたことがあったのである。おぼえているかぎりにおいて、最初の予知体験は大学生のころにさかのぼる。

それは渋谷での出来事だった。当時のわたしはまだ二十代前半だった。わたしの記憶では、この渋谷の出来事があったときは、まだ座禅をはじめてほんのわずかのときだったように思う。

当時学生街の日吉に住んでいたわたしは、電車で三田校舎のある田町駅まで通っていた。大学の授業がおわって日吉へ帰る途中、よく渋谷でおりて大盛堂やリブロに寄り道したものだが、その日もその予定だった。

ところが、のっていた電車が渋谷駅のホームに停車するべく速度を落としはじめたとき、とつぜんある強烈な感覚に包まれたのである。その感覚とは「これから渋谷で知り合いにばったり会う」という、きわめてはっきりとした感覚だった。それまでの人生でいちども経験したことのない感覚だった。

すると、渋谷のハチ公前におりて、文化村の方向へ歩いていく途中で、同じクラスの女の子にばったり遭遇したのだった。そのときばったり会った彼女は大学卒業後アナウンサーになった。わたしがそのときこうしたインスピレーションを得ていたことは、彼女は知らない。

十　転職前夜にみた予知夢

スピリチュアルなサインは仕事面でもあらわれる。

はじめての予知体験を経験してからというもの、長いあいだわたしはスピリチュアルな体験から遠ざかっていた。小さなことではいくらかあったにはあったが、ここに詳述するほどのことではない。

わたしがそうした体験をたくさんするようになったのは四十歳をまたぐころである。その前に、ひとつだけ鮮明に残る予知夢体験があった。あれはたしか三十六歳のときである。

わたしは当時勤めていた職場をやめて、ある会社に転職しようとしていた。今思えば、その転職先となる新しい会社に惹かれたのは仕事内容ではなく、給与面の条件だけだった。皆さんにはぜひ気をつけていただきたい。仕事を選ぶときは、絶対に仕事内容で選ぶべきである。入社試験の合格通知も受けとり、これから住むことになる借家の契約もすませ、あとは引っ越しをするだけだった。

引っ越しをする前夜遅くある夢をみた。夢の中のわたしは港にいた。桟橋には立派なクルーザーが係留《けいりゅう》してあった。わたしはそのクルーザーにのった。すると次の瞬間、そのクルーザーが沈みはじめたのである。わたしは急いでその船から飛びのいた。

目が覚めると、わたしはすぐに夢の内容を思い出した。それまでに明らかな予知夢をみたという体験はなかったが、このときはじめて、今しがた自分のみた夢が予知夢だと確信した。

この夢をみたせいで、わたしの転職には最初から暗いムードがまとわりつくこととなった。給与の条件だけで決定した転職先である。すぐにわたしは自分がその職場にむいていないと悟った。が、三十代後半に入った人間である。そこを退職したらもっと厳しい現実が待っているだけである。それまでに準備してきた資金的な意味でも、すべてのことが無駄になってしまう。が、そういった一切合切を考慮に入れても、結局数ヶ月後には、退職という選択肢を選んでいた。

ときとして人生には、どうにもならないということがあるものなのだ。これこそまさに、人生におけるサバイバルではなかろうか。今思うと、この霊夢をみたのは引っ越しの前夜である。そのときにも感じたことだが、この予知夢をみた時点で、その選択が間違っているということをスピリットが教えてくれていると感じたが、すべての段取りが整っていたあの日、もうあとにはひけなくなっていたのである。

この体験があってからというもの、わたしは以前にもまして心の声を聴くようになっていった。もういちどくり返すが、仕事を条件面できめてはならない。そういう意味では、恋愛と似ている。相手をスペックで選んではじめた恋愛は続かない（というより、そんな理由ではじめた恋愛は、そもそも恋愛とよべるだろうか？）。

要するに、好きか、嫌いか、仕事の決定に必要なことはそれだけである。人生とは選択の積み重ねだが、選択に迷ったら必ず心の声を信じることをお勧めする。つまり、あなたが選ぼうとしているその仕事を、あなたは心の底から好きと言えるのかどうかということだ。もしも「うん」と即答できなければ、再考の余地ありということになろう。

このように、スピリチュアルなサインというものは肉体的なサバイバル時だけでなく、人生のサバイバルにおいても出現するということである。

十一　阿蘇山噴火の予知

二〇二一年十月十四日。阿蘇山が中規模噴火した。十六ヶ月ぶりの噴火だったそうだ。が、わたしはその四日前に噴火することを予知していた。十月十日の朝、そのときわたしは阿蘇山近郊の西原村をドライブしている最中だった。一直線の道の先には南阿蘇の外輪山が見えていた。

秋の透きとおった空気につられて、わたしは視線を路上から外輪山の美しい山並みへと移した。その瞬間だった。「阿蘇山が噴火する」という霊感が意識の中へと流れこんできた。うっすらとした感覚だったので、大規模な噴火にはならないだろうとも思った。

そして、その直後に、助手席にのっていた家内にそのことを伝えた。どのくらいののちに噴火するかまではわからなかったが、四日後にそれは現実となった。

さすがにこのときは、わたしの予知に慣れている家内も驚きを隠さなかった。わたしはそれまでに、山をみただけで阿蘇山が噴火すると断言したことはいちどもない。このときかぎりである。その理由は、わたしが山をみたタイミングと、噴火する準備体勢に入っていた火山の、目にはみえない気配とがシンクロしたからであろう、という気がする。

これまでに地震、噴火、戦争などの災害に関しては、予知夢という形で知らされることが多かったが、このときは山（興味深いことに、わたしがこのときに一瞥したのは、噴火した中岳そのものではなく、阿蘇カルデラの外輪山の一画である）をみただけでそれがわかったという数少ない経験だった。

もしこうした能力をわたしたち現代人がとりもどすことができれば、現代のわたしたちの混沌とした物質文明は変容を余儀なくされるにちがいない。

それはともかく、世界の危険な火山のトップ4に、この阿蘇山がランクインしているのはご存知だろうか？　九万年前の破局噴火の際には、火山灰が朝鮮半島や北海道にまで達し、火砕流は海峡をわたって山口県の秋吉台にまで到達した。現代のわたしたちが時折ニュースで目にする小規模噴火や中規模噴火とは比べものにならないほどのスケールなのだ。

この阿蘇から近い熊本市内に居住しているわたしにとっては、本当にゾッとするような話である。過去の噴火データを元に計算すると、現在はその破局噴火がいつ起きてもおかしくないタイミングにきているという。そうでなくとも、日本もその中に含まれている環太平洋火山帯が、現在非常に活発化しているのは皆さんもご存知のとおりである。

わたしには、この現象が地球の呼吸と連動しているように思われてならない。地球が呼吸するときには地殻変動が起きるものである。なお、現在小笠原諸島の硫黄島は、年に一メートルという異常な隆起を示している。

わたしの知人にも阿蘇周辺に住んでいる人が数人いるが、もし明日この破局噴火が起これば逃げている余裕すらないであろう。どんな物理的サバイバル・スキルや家庭用シェルターを有していたとしても、なんの役にも立たないのは火をみるより明らかである。

が、仮に大規模噴火を事前に予知することができれば、多くの人命が失われずにすむ可能性がある。わたしの場合こうした能力は座禅の副産物として生じてきたが、縄文人たちの中にはこうした能力をもつ人間が多かったのではないか、とわたしは推測している。

十二　古代ペルー人との時空を超えた会話と縄文人サバイバー

二〇一六年。この夜遅くとても不思議な体験をした。夢をみたと書きたいところであるが、単なる夢見の体験とはちがっていた。自分がそのときに感じたことを正直に書くと、意識の状態で実際にその場所までいったとしか思えないような体験だった。

「夢」（便宜上、夢としておく）の中のわたしはどこかの外国にいた。周囲をよく見渡せる丘の上にいて、目の前には巨大な城郭のような建物があったが、お城ではないようにもみえた。その建物は、巨大な石やレンガを積みあげて建設されている最中だった。ベージュ色をしたみたこともない巨大なレンガを積み重ねていることに興味をおぼえたわたしは、そのレンガに近寄ってみる。そして、こんなに美しい造形をしたレンガをみたのははじめてだと思う。長さ一メートル、高さ五十センチ、奥行き五十センチほどもある巨大なレンガの縁は、ちょうど白波がおし寄せあって互いを打ち消しあうように、複雑でありながら有機的な統一体をなしている。これは、この建築現場で働いているひとりの職工による作である（「夢」の中では、自動的にそんな情報が意識の中に入ってくる）。明らかに人間の作為的なわざをはるかに超越した業である。

わたしはそのレンガの美しさに驚きながら、その波うつような形状を手で撫でてみた。感動のあまりわたしの目から涙がこぼれる。

みると、わたしの前に数人の外国人たちがいた。左側には大工の棟梁と思しき男がいて、大きな石の前にしゃがんでいた。そしてその前方（わたしからみると、右側）には、この建物全体の総責任者にして神官が石の上に立っていた。

そのとき、職人たちの会話がすぐそこで聞こえてきたので、わたしは顔をあげた。

「やはり、まだまだ色んなところを削らなくちゃならん」と神官の男が言った。

「そりゃ無理ってもんでさあ」棟梁が言った。「今更そんなことはできねーです」

「お前は、削る必要のある場所を調べるだけでいいんだ。それを実際に、こいつをつくった人間に話すのはおれの役目だ。そんなおれの役目よりもお前の仕事のほうがずっと楽だろう?」


この言葉に、さきほど反対した男はしぶしぶ納得したようだった。どうも削る対象となるのは、レンガでつくった構造物の一部のようだった。男の表情や言葉から、その作業の大変さが伝わってくる。男はわたしの目の前にいた。

このとき神官がわたしの存在に気づいて、こちらにふりむいた。この神官には、わたしが未来からきた存在だということがわかっているようだった。そしてまた、自分にも「わたしは現在(つまり、彼らにとっての千年後か二千年後)から遠い過去にきている」という自覚があった。

「このレンガでつくった建物は今でもまだ存在しているの?」わたしは訊いた。

「ああ、あるとも」男が言った。

以上が、わたしがみた「夢」の内容である。すべての会話は日本語でなされていた。目が覚めても、今しがた自分がみたその建物や、巨大な石やレンガの形もしっかりと記憶に残っていた。その建物が現実世界のどこかに実在していると確信したわたしはそれからというもの、ふとこの「夢」の内容を思い出してはインターネットで世界中の遺跡を調べてみた。が、いっこうにその建物はみつからなかった。

それで「夢」でみた細部に注目してみた。わたしがみた大工の棟梁や神官たちは白人ではなかった。それから建物のあった周囲は砂漠のようにもみえた。そうしたことをふまえて検索してみたが、それでも似た建物や遺跡すらみつからなかった。

それから一年が過ぎるころには、完全にこの「夢」のことを忘れかけていた。が、ある日のこと、わたしはユーチューブでなにげなくある番組をみていた。世界中の歴史的な場所をとりあげる内容のこの番組はとても面白かった。

そのときみていた回は南米のことをとりあげていた。ペルーのマチュピチュやチチカカ湖などを紹介していたような気がする。番組のおわりのほうで、海の見える美しい丘に立つ、ある建造物が唐突に映しだされた。その光景が映しだされた瞬間、「アッ」とわたしは叫んでいた。それこそが、わたしが一年以上前に「夢」の中でみた建物だったのだ。
それは、ペルーに実在しているパチャカマック遺跡（＊ペルーの首都リマの南東部にある遺跡群。海岸に近い丘陵の上に位置する）の「太陽の神殿」だった。しかも、「夢」の中でわたしがみたのと寸分もたがわぬ角度と位置から、その映像は撮影されていた。わたしとの会話の中であの神官が言ったとおり、その建物は今でも存在していたのである。

しかし、「なぜ、わたしが？」という疑問がわたしには残った。どうしてわたしがそんな「夢」をみてしまったのかということである。予知夢や霊夢をみたときには、かなりの頻度でこの「なぜ、わたしが？」という疑問がつきまとうのだ。
この疑問は、その後の体験でも多く感じることになるので、ここでわたしなりの見解を述べておきたい。これまでのわたしの経験から言えることは、睡眠中のある種の意識体験や霊夢の内容は例外なく、それをみさせられる者と密接な関係がある。または、その情報を与えるにふさわしい人間を選んで、そうした情報は送られてくる。水が乾いたスポンジを目指して集まってくるのと同様である。

大昔のペルー人と会話を交わしたこの体験をわたしなりに解き明かそうとする前に、そもそもこれが本当に夢であったのか、ということを先に述べておきたい。

もしこれが夢であったとすれば、はるか昔、少なくともインカ時代、わたしはここに生きていたのだろうなと思った。もしかしたら、インカ時代の前かもしれない。どう考えても、前世でその場所にいたことがなければ、いちども目にしたこともない神殿の映像がありありと、しかもその建設現場で作業している人たちの会話まで、夢の中にでてくるわけがないではないか。

が、単なる夢では無理がある。冒頭でも述べたとおり、自分の意識が当時のパチャカマック神殿（パチャカマックとはもともと創造神の意であるが、インカ時代よりも前から信仰されていたそうである）を訪問したのではないか、というのがわたしの正直な実感である。それが千五百年前か二千年前かはわからない。


その理由のひとつは、神官かつ総責任者であった人物にはわたしの存在が認識されたが、大工の棟梁にはみえていなかったという点である。しかもその神官には、わたしが未来からきた者だということまでもがわかっていた。そのことを前提とした上でのコミュニケーションがスムーズに、わたしの意識とのあいだで成立していたのである。

これまでに様々な非日常的体験をしてきたことからも、この体験は霊夢というよりも、異なる時代に繫がった意識体験のようにわたしには思える。これと同じような体験をしたことが他にもあるので、その件についてはまた別のところで述べたい。

さて、これからの話は、ある程度の事実をもとにし、あとはわたしの想像力で直観をふくらませてみた話として読んでいただきたい。が、座禅をおこなう者の創造的想像力というものをみくびってはいけない。ときとして、それは真実へといたる高速道路ともなるのだ。

インカ文明をつくったのは日本人だとする伝承がある。インカ王家の末裔が「先祖は日本語を話していた」とテレビの取材で証言しているので、かなり信憑性の高い話であるが、南米エクアドルのバルディィビア遺跡（＊エクアドル中部海岸にある遺跡。紀元前三千年ころ。アメリカ大陸で最古の土器文化）で、九州南部（熊本県と宮崎県）の縄文土器に酷似した土器が出土したというのは考古学的事実である。だから、インカ帝国時代どころか、縄文時代からすでに日本人は南米にわたっていたのである。

実際、バルディィビア遺跡を発掘調査した人らによって、縄文文化が太平洋をわたって伝播したという説が唱えられている。

それからこれまでは、中南米地域の先住民たちの祖先は、ベーリング海峡をわたって移住したとされていたが、それも修正されつつある。日本から太平洋を横断してきた人たちがいることが、人の体内に宿る寄生虫に関する研究から判明しているのだ。これも専門的なことなので、ここにその詳細を書くことは割愛する。

わたしがここでとても興味を惹かれるのは、九州南部に住んでいた縄文人たちの一部が、一体いかなる理由から地球の反対側の南米に移住したのかということである。目的地を定めずに出港して（それには鬼界カルデラの噴火の影響があったかもしれない）偶然にたどり着いた場所が南米だったのだろうか？

縄文人が海流にのって航海したとするならば、九州から南米へ渡航するには、まず親潮にのり、それから北太平洋海流に接続し、そこからまたカリフォルニア海流に接続して赤道付近まで南下することは可能だ。現に、江戸時代に一年以上かかってカリフォルニア沖まで漂流した日本人がいるのは事実だし、近年の例だと、東日本大震災で被災したバイクの入ったコンテナが約一年後に、カナダに漂着した話は話題になった。こうした例からも、一年以上の歳月をかければ、海流にのって北米西海岸にたどり着くことは可能であることがわかる。

ところが、彼らはなぜか気候が温暖な北米西海岸には留まらなかったのである。そう断言できる理由は、日本人を含むアジア人にしかみられない遺伝子型と同じ遺伝子型を有する系統は、南米の沿岸地域にしかみられないということが遺伝子研究によって判明しているからだ。現に、ペルー人の風貌は日本人とそっくりである。

時代をまたぐ複数回の渡航が存在したにもかかわらず、北米西海岸に移住しなかったことからも、彼らが最初からペルー付近を目的地として出港したと考えるほうが自然である。したがって、この渡航者の一群はペルーを特別な土地であると、なんらかの手段で認識していたのではないか、というのがわたしの推測である。そうとも考えなければ、水や食料が窮乏する危険を犯しつつ、ジリジリと照りつける灼熱の太陽に皮膚を焦がしながら、赤道を通過しようとは思わなかったはずである。

そのペルーであるが、製造方法が未解明の考古学的遺物、建造物、生物のミイラ、地上絵など、世界屈指のミステリーがこれほど密集している土地も他にはない。

先ほど述べた、古代のペルーと意識が繋がった体験を思い出していただきたい。このことは、南九州人のわたしと古代ペルー人とのあいだには、何か繋がりがあるということを示唆しているように思われて仕方がない。

現代人よりはるかに精神性の高かった縄文人のことである。こうした神秘的な認識能力によって彼らはペルーを目指したのではないか、とわたしは想像する。

そしてもしかしたら、鬼界カルデラの噴火が収まったあとに、南米に移住した縄文人の一部は、また海をわたって九州南部に帰還したのかもしれない。というのも、東京大学大学院のゲノム解析研究の成果によると、九州では鹿児島県のみが縄文人の遺伝子を濃厚に受け継いでいることがすでに判明しているからである。

この古代人と同じ能力が現代人のわたしたちにも受け継がれていることの証拠として、もうひとつ面白い事実がある。それについては「十四　神秘の幾何学模様の出現」をお読みいただきたい。

もう何年も前に、鹿児島県の「上野原縄文の森」で、縄文人に関する様々な痕跡を見学したことがある。水俣周辺の土器をみたことも再三ある。そうした土器をみたわたしの感想をひと言で言えば、それらの土器は非常に洗練されているという印象だった。

本州で出土している、いわゆる縄目の紋様の土器は南九州ではほとんど出土していないが、わたしの個人的な印象では、幾何学模様における繊細な表現の巧みさに関しては特に、相当な美的感性を感じた。そうしたものを創造することができる南九州の縄文人の能力たるや、現代人のわたしたちでは想像できないほどのものがあったのではないかと思う。

もちろん東北（東北の縄文人と、九州の縄文人とでは様々な面において特徴が異なる）の縄文土器の素晴らしさは、誰も否定できないレベルに達している。また、雪国の新潟県長岡市にて出土したとされる火焔型土器は、岡本太郎も真っ青になったくらいに芸術度の高い土器である。

では、美しいものを創造する能力があることが、人間全体としての能力の高さに繋がるのかと問われそうだが、それにたいするわたしの回答はイエスである。その根拠は、マイスター・エックハルトの説教の中にも見いだされるとおり、理性は感性から得るからである。

わたしの個人的な美的感性をもとに述べると、縄文土器の美しさや荒々しさを超える芸術作品はみたことがない。そのことが意味することは、そうしたものは比類のない縄文人の精神性が形成する結晶の一側面であるということだ。戦闘的行為がほとんどなかったとされる縄文時代である。縄文人の精神性は明らかに、現代のわたしたちの精神性をはるかに超えていたと考えられる。

いや、われわれ現代人の精神性と比較するのは間違いである。なぜなら、現代人の精神性は人類史上間違いなく最低ランクにあるからだ。わたしたちがその中で暮らす、この世界の醜さがなによりの証拠である。

次に、縄文人の精神生活についてわたしの考えを述べる。これまでに、自らの体験から、座禅が自我の専制を弱体化し、それにともなって様々な非日常的体験が生じてきたと述べた。そうした体験から想像しうることは、自と他をへだてる二元論的意識が縄文人には希薄であったために、彼らは争いをしなかったのではないかということである。

縄文時代に関する近年の研究では、彼らが狩猟生活だけに依存していたという説は覆されている。たとえば、青森県の三内丸山遺跡では、栽培植物の痕跡がいくつもみつかっている。彼らは農業に近いことをすでにしていたし、わたしが高校生のときにつかっていた日本史教科書の記述とは異なり、稲作もすでにはじまっていた。それに、食料の保存までしていた痕跡がある。フグを食べ、漆器をつくり、クッキーやワインまで製造していた縄文人である。それくらいのことをすでにおこなっていたとしても不思議ではない。

だからよく語られるように、食料の計画的生産や貯蔵が戦争のはじまりを招来したと考えるのは、そのすべてを否定するつもりはないが、いささか早計過ぎる考え方であるとわたしは考える。それよりも縄文人と弥生人との精神性における異質性のほうがはるかに重大ではなかろうか。

大雑把な言いかたを許していただけるなら、程度の差こそあれ、弥生人以降は現代人と同様の精神性である。ある意味で、そうとも断言したくなるほど（いつの間にか歴史から姿を消してしまった）縄文人における特異性だけが圧倒的なのだ。

したがって、わたしたち人類に進化する可能性が残されているとすれば、縄文人の精神性へと退却的進化をすることだとわたしは思っている。誤解がないようにつけ加えておくが、これはなにも縄文時代の生活様式にもどるしか人類に未来はないと言っているわけではない。環境に無害な未来テクノロジーの登場は、縄文的精神性と共存しうるものだとわたしは考えている。というよりも、永久機関のような完成されたテクノロジーというものはそもそも、縄文人のような高度な精神性を実現した社会にこそフィットするものなのである。

だからこそ、ドクター中松氏が発明した（わたしは以前原宿でドクター中松氏と話をする機会に恵まれたが、ご本人は忘れているだろう。名刺交換をしたので、もしかしたら彼の名刺入れにはまだわたしの名刺が奇跡的に残っているかもしれない）永久機関は実用化されなかったのである。

それに、縄文時代に関してはまだまだ知られていないことが多過ぎる。現代テクノロジーを凌駕するテクノロジーが縄文時代に存在していたわけがない、などと誰が断言できようか?

話が脱線しかけてきたので、もとにもどしたい。

これまでに縄文人の精神性の高さについてわたしの想像を交えた意見を、自らの座禅による体験をふまえて述べてきた。そうした視点から想像するに、多くの縄文人に、それ相応のレベルの特殊能力が備わっていたと考えるほうが自然である。

実のところ、わたしたちの精神や意識とよばれているものの機能の仕方に関する洞察をふまえると、戦闘的行為がほとんどなかった(戦闘的行為に起因する死者が非常に少なかったことが、考古学的調査から判明している)というたったひとつの事実だけから、類推できることは予想以上に多いのだ。瞑想と特殊能力との相関関係を体験的に知ってきたわたしには、少なくともそう感じられる。

たとえば、自我の不在は対象と一体になることを可能にする。相手と一体になれば、そこにはいかなる軋轢《あつれき》や不和も生じようがなくなる。このことはまた、物質が対象となったときも同じである。火山と一体になれば、表面にはあらわれていない内密な情報が、観る者の意識の中へと流れこんでくるのだ。

だから、相当な高さの知性や精神性をもつリーダーが部族をまとめていたのみならず、そうした精神的教えの中を部族全体が生きていたのではないか、と思うのだ。

こうした縄文人の精神性の高さを聞くと、もしかしたら伝説のムー大陸やレムリア人のことを思い浮かべる人もいるかもしれない。わたし自身もそうした伝説に興味はあるが、ここでそれらに言及すると、本書の守備範囲を大きく越えてしまうことになる。


とにかく、戦後世代の「新人類」でさえこのような体験をするのだから、鈴木大拙《だいせつ》のいう「即今《そっこん》」を生きている真人の比率が比較的高かったであろうとわたしが想像する縄文人たちは、こうした体験を日常的にしていたにちがいない。

皆がそうなら、戦争なんて起きるわけがないではないか。風の音を目でとらえ、空の青さを耳で聴く能力をもち、すべての些細なことに幸福を感じ、意識的な日々をおくっている者には、戦争をする暇などないし、金儲けをたくらんでいる暇さえない。

サバイバル的状況に陥らないように生きることこそが、唯一その名に値する、真のサバイバルなのだ。縄文人こそ真のサバイバーだったと言える。そういう意味において、縄文人の生きる「戦略」は『孫子』を軽々と越えていくのだ。

十三　フィリップ・K・ディック著『高い城の男』は実在する

このことを経験したのは今から七年前になる。

この体験をしたとき、わたしはまだフィリップ・K・ディックという名のアメリカ人作家の存在すら知らなかった。若いころに『ブレードランナー』という名のSF映画を観たことはあったが、その原作者についてはなんら知らなかった。今「この体験」と言ったが、それを正確に表現するなら、並行世界の体験というより他、表現のしようがない。が、とりあえず便宜上「夢」での体験として進めることにする。

まずは、「夢」の中でわたしが体験したことを順番どおりに話すことにする。まず前提として述べておくが、「夢」の中のわたしは高校生だった。厳密に言うと、高校生の意識に入っていたような感覚があった。さて、ここから先は、この「夢」をみた翌日、その体験内容を仔細漏らさず急いで殴り書きした記録がベースとなっている。あとになって体裁を整えようとして、記憶を頼りにいくぶん修正や加筆を加えた部分もあるが、「夢」での体験を嵩増ししたり、美化しようとしたりして創作した箇所は一切ない。

当時の記録

二つの国のあいだには美しい川が流れていた。川の真ん中が国境で、対岸にある国は僕のいる国よりも様々な面で発達しているようだった。

ある日のこと、僕は虫歯の治療をすることになった。あいにくわが国の歯医者はその時期はすべて休業していた。祝日か何かの記念日なのかわからないが、わが国では別段めずらしいことでもないようだった。

それで対岸の国で治療を受けることになった。それを決定したのは僕が通っている高校の先生だった。その対岸にある国はアメリカだった。しかし、ここで「わが国」と僕が言っているのはやはり日本である。どうも、かつてはアメリカの領土であった一部を日本が統治しているような印象だった。

アメリカで治療を受けると高額の治療費を請求される、と聞いていた僕は不安をいだいた。すると先生は、心配は無用だと言った。わが国の歯医者がやむをえぬ事情によってすべて休業したときには、対岸の国で治療をすればその治療費を全額国が負担することになっている、というのがその理由だった。

しかし、高校生ですでに陰謀論者であった僕（その世界の高校生の中に僕の意識が入ったとすれば、むしろ自然である)は、国が治療費を全額負担する背景には、なにやらおおっぴらにはできない隠された理由があるような気がした。


次の瞬間、僕はある建物の中にいた。

僕のいるその部屋は複雑な形をしていて、全面がガラス張りだった。廊下をはさんだ隣にも似たような部屋があるのがみえた。何かの研究室のようにも思えた。リノリウムの床を薄暗い照明が照らしていた。

そこで僕はある人物に紹介された。その男は七十代なかばごろにみえる老人で、柔和な表情の中に知的な微笑（しかし、微笑んでいるのは口元だけだった）を浮かべて僕と握手をした。元医者だそうだ。なんとなく僕は、この人物が虫歯の治療に同行するのではなかろうかと勘ぐった。

次の日、前日に会ったその老人が通訳として僕の虫歯の治療に同行する、と先生から聞かされた。予想どおりだと思いながら、やはり裏に何かがあるなと思った。あの老人の知的な風貌は、医者を長年やってきたことでつくられたものではない気がしたからだ。

結局、運転手と老人と僕の三人が車にのり、対岸の国へとむかった。車中で老人は僕に、あの国の進んだ医療技術をすべて、わたしはこの目でみたいのだ、と言った。この老人は、みるだけでその背後にある構造のすべてを見ぬいて理解してしまう能力をもっているのだな、と僕は思った。

この老人の知的な風貌は、心の複雑怪奇な世界に深く精通しているような趣《おもむき》があった。そして、国の諜報機関に長らく奉公してきた人物に特有の厳格さを感じさせた。それで僕は、この老人が国家に雇われたリモート・ヴューワー（＊遠隔透視能力者）ではなかろうかとふんだ。

噂には聞いていたが、生まれてはじめて僕は国境の川をわたった。

川は美しかった。季節は五月ころで、丸石や水草が透けて見える底の浅い川には、ペンキで白く塗られたボードウォークが対岸までのびていて（このボードウォークの形は複雑な幾何学模様を描いていて、みているだけで楽しかった）、このボードウォークのそこかしこに背もたれの傾斜角がゆるいベンチがおいてあり、そこに座っている男女が川の流れを眺めながら楽しそうに会話をしていた。

左手にあるボードウォークを眺めながら車専用の橋をわたっていると、徐々に対岸が近づいてきた。岸辺はなだらかな傾斜を描いていて、斜面には整然と刈りそろえられた芝生が植わっていた。その芝生の上には『ハックルベリー・フィン』（＊マーク・トウェインの代表作のひとつ。口語体で書かれた小説作品）にでてきそうなアメリカ南部風の白亜の建物がみえた。

そう思ってふたたび川に目をやると、川の流れもアメリカ南部のゆったりとした川にみえてきた。透明な流れの底は浅く、ところどころに水草が揺れているところは熊本の江津湖のようだった。不思議なことに国境を管理する建物はなかった。

川をわたると、僕たちはいつの間にか歩いていた。ある男が僕たち三人を案内してくれた。街角を歩いていたとき、案内の男が僕に言った。

「ですから、この国はテンプル騎士団がつくったということです」

「あの、聖ベルナルドによって創られたというテンプル騎士団ですか？」

「そのとおりです」

以上、当時の記録　おわり。

以上がそのときにみた「夢」の内容だが、これまでに幾多の霊夢や明晰夢をみてきたわたしですら驚くほどヴィヴィッドな体験だった。だから冒頭でも言ったように、睡眠中に並行世界を訪問したのではないか、とわたしは思っている。

わたしが歯の治療をするために訪れたあの国は、並行世界に実在するもうひとつのアメリカではなかろうか。そんな気がした。そして、諜報員めいたあの老人も実在しているのではなかろうか。

この「夢」をみてから一ヶ月あまりが経ったある日。三時間しか眠っていないのに、わたしは早朝からフィリップ・K・ディックの『高い城の男』（早川書房）を読んでいた。すると、小説のちょうど半分ほどを読みおえたあたりで、ある文章がわたしの注意を惹きつけた。まさに並行世界で、日本人がカリフォルニアの病院へ渡航するという話がでてきたのだ。

しかもその男は高齢で、ナチスからは諜報員と疑われている。「夢」の中でわたしと一緒にアメリカの歯医者へ同行した、あの老人のことをすぐに思い出した。睡眠中に並行世界へ、魂の状態で実際にいったとしか思えないような「夢」をなんどもみてきたわたしはこう考えた。

以前わたしのみた「夢」は、『高い城の男』の一場面を予知したのではなく、小説とわたしの「夢」の中の双方にでてきた世界と諜報員めいた老人が、実際に並行世界に存在し、それをディックは幻視（彼が本物の幻視者であったのは有名な話である）の中で目撃し、一方で、わたしは睡眠中に並行世界に入りこんで体験した、ということではなかろうか。

もし仮にこれが『高い城の男』を読む予知夢であったとしたら、様々な観点からとても奇異な印象を受ける。第一に、そもそも虚構の世界であるところの、読書という体験を予知夢としてみせる意味があるだろうか？　これまでわたしがみてきた予知夢のどれもが、現実世界で実際にわたしが経験することになる事柄を、夢の中でみさせられたものばかりだからである。だから、予知夢ならば、『高い城の男』を読むというその行為自体を夢の中でみさせられるはずである。

ところが実際には、その小説の中に描かれている並行世界に似た世界を、わたし自身が内側からみるという異様ともいえる体験を、この「夢」の中でわたしは経験しているのだ。しかも、少な目に勘定しても二日間という長い時間が「夢」の中では経過している。

次に、もしこれがそうした特殊なタイプの予知夢であるとすれば、『高い城の男』とほとんど同じ内容をみてもよさそうなものであるが、実際にわたしが目撃した世界は、そのディテールがすべて異なっている。諜報員めいた人物の登場と全体的な世界観こそ同じであるが、その他のあらゆる事柄が自前である。だからわたしは平行世界にいった疑いが濃厚であると考えている。
最新の物理学理論では、並行世界は存在するそうだ。どうもオカルトのほうが俊足のようである。

「夢」の中でわたしが存在した場所を正確に表現すると、大日本帝国占領下のアメリカである。その世界のアメリカ合衆国は、第二次世界大戦で敗戦した結果、カリフォルニアのある西側を日本に占領されていた。まったくもって驚くべき内容である。これだけ聞くなら、まさに夢のような内容である。
もはや、このことに関しては、歴史的事実は反対であり、敗戦したのは枢軸国陣営であったなどという説明は不要であろう。わたし自身の体験ではわからなかったが、『高い城の男』の中ではアメリカの東側をナチスが統治している。

ディックのこの歴史改変小説はのちに、アマゾンのプライムビデオから映像化された。公開日に合わせて、ニューヨークの地下鉄の座席がハーケンクロイツと旭日旗《きょくじつき》のデザインのシートカバーでおおわれたことが物議をかもしたので、ご記憶のかたもいよう。

物語の細部は小説と異なる部分も多かったが、ディックの世界を実に見事に映像化しているなとわたしは感じた。しかも制作総指揮がリドリー・スコットである。映像に語らせる手練でなければ、この名作は失敗作となっていたであろう。

最後に、二つの異なる時間軸に同時に存在するという神秘を生き、日本文化にも通暁していたこの天才作家の凄さを堪能しようとするならば、『アンドロイドは電気羊の夢を見るか？』（早川書房）以外の作品もお勧めしておきたい。その内容たるや、きっと想像を上回るはずである。

十四　神秘の幾何学模様の出現

はじめてこれを観たとき、わたしはその美しさに感動した。

それは二〇一六年に起こった。その直後に正確な記録をつけていたのだが、この年の前後数年間の霊夢日記は残念なことにすべて失われてしまった。ＵＳＢメモリーに保存していたデータがすべてなくなってしまったのだ（いまだにわたしの誤操作が原因とは思えない）。

だから今となっては、日付もわからなくなってしまった。

そのとき、わたしは布団の中でまどろんでいた。そのうち自然と目が開いた。が、完全に覚醒しているわけではなく、覚醒と睡眠とのちょうどあいだにいるといった感じだった。その瞬間、目の前に今までいちども観たことのない光景がひろがっていた。

わたしの眼前にひろがっていたのはペイズリー柄に似た幾何学模様だった。全体は光の束のようなものでできていて半透明だった。背後の壁がピントの合っていないレンズからみた風景のように、ぼんやりと透けて見えた。そしてその光でできている幾何学模様はかすかに動いていた。この光景は、わたしが完全に覚醒するまでのあいだ数秒間続いた。

完全に目が覚めたとき、わたしは今しがた自分が観た光景がアボリジニのシャーマンたちが観るという、「内部視覚（わたしは中沢新一氏の著作から、そうした体験の存在を知っていた）」だと直観した。私見では、そうした幾何学模様は老子の「有は無より生ず」という、この世界の成り立ちの過程のような気がしてならない。換言すれば、目にみえる世界と目にはみえない高次元な世界との中間領域が、わたしたち人間にとっては幾何学模様として立ちあらわれているのではないか。そんな気がするのだ。

このときわたしが観たその不可思議な幾何学模様がペイズリー柄に似ていたということは先に書いたとおりだが、わたしが勝手に想像するに、そもそもこのペイズリー柄というものの発祥には、内部視覚の体験がかかわっていたのではあるまいか。そう詮索したくなるほど両者は酷似していたのである。

その後、この幾何学模様の体験はなんどもしている。そのつど、自分が観た幾何学模様の形態は異なるが、まどろんでいるときに観るというシチュエーションは毎回同じである。はっきりとした覚醒時に観たことはいちどもない。

内部視覚の体験をする人たちはたいていの場合、幻覚性植物の助けを借りて、打楽器が主体の歌や踊りでトランス状態に入って変性意識を体験するイメージが強いが、わたしの場合は、完全にナチュラルな状態で体験しているところがユニークである。発明家のエジソンが発明するきっかけとなるヴィジョンをみるのもこの半覚醒時だと告白していたと聞くから、この意識状態のときに様々な「もの」と遭遇するという現象は昔から知られていたのだろう。

が、あるとき、それまでの幾何学模様の出現とは異なる体験をしたことがいちどだけある。それは、夢の中でみたのだ。この夢をみたのは二〇二二年の四月五日だった。これには多少、前置きとなる説明が必要だろう。

わたしがアーティストだということは前に書いたとおりである。不思議なことにある時期から、いわゆるスピリットなどの世界から「こんどはこの絵を描きなさい」と指示されるようになった。精霊の世界なのか神様の世界なのか、本当のところはわたしにもわからないが、それが指示されるときにはきまって、すでに完成した状態の絵を額縁入りのヴィジョンとしてみせられるのだ（時折、描きかたまで指示してくることもある）。だから額縁に入った絵が夢にでてくると、それがスピリットの世界からの指示だということがわかるのである。実際に額縁入りの絵のヴィジョンに基づいて描いた絵はこれまでに何点もある。


その日の朝方の夢にでてきた絵のヴィジョンも額縁入りだった。だが、この日にみせられたものはいつもの具象画ではなかった。内部視覚で観る幾何学模様だったのだ。

このときにみたヴィジョンはその鮮烈さにおいても際立っていた。真っ赤な色に、まるで等高線のような線（他に適当な表現が思いつかない）がいくつもあった。そして赤色の中に（赤色の面積に比べれば、ごく一部であるが）、黒が点在していた。

夢の中でその幾何学模様をみたときに、わたしは今みた図形を忘れないようにしようと思い、夢の中で「赤、黒、等高線。赤、黒、等高線」となんども復唱してヴィジョンの全体像を記憶の中に擦りこみながら、自分が覚醒するのを待った。

夢の中から覚醒時まで連続した意識状態を維持し続けるこの手の離れ業は、瞑想を習慣とする者たちにのみ許された特殊スキルである。夢の中であえてヴィジョンを言語化したのは、全体に占める「黒」の割合が少なかったため、映像のみでおぼえようとすると、覚醒時に「黒」の存在を忘れている可能性が危惧されたからである。これもとっさの判断でそうしたのだった。

そして、目が覚めるやいなや、記憶がまだ鮮明に残っているうちに一気に描きあげたのだった。ざっとこんな経緯でできたものだからして、この特別な絵はわたしのすべての作品の中で、アートとしての純度がもっとも高いと自己評価している。そこには「わたし」が存在していないからだ。よって、これは非売品とした。

しかし、スピリットの世界がこの幾何学模様だけを額縁入りの絵としてみせた理由は何だろうか？　そこまでしてわたしに描かせたことを考えると、この幾何学模様が他の幾何学模様と比べても、特別に重要なものだということはわかる。いつかその意味がわかる日がくるのを待ちたい。

こうした幾何学模様をみるという体験をするようになってから、装飾古墳（＊内部に、様々な彩色や文様による装飾がある古墳）に関してのわたしの見方は変わった。菊池川流域（＊熊本県北部を流れる一級河川）に点在する装飾古墳の説明書きによくあるような、太陽や女性の乳房のような自然物を抽象化して描いたもの、とは思えなくなってしまったのである。

特に、額縁入りの幾何学模様をみたあととなっては、装飾古墳の幾何学模様は実際に自分たちが「観た」ものをそのまま描いたにちがいない、と確信するようになった。

実のところ、全国にある約七百基の装飾古墳のうち、三割近くが熊本県に集中している。その大半が菊池川流域に密集していることは古墳好きのあいだではよく知られているが、それらの装飾古墳のはじまりが、実は不知火海沿岸地域であったという事実はあまり知られていない。わたしの生まれ育った水俣はこの不知火海の南端に位置している。

話がそれたので元にもどそう。まず、自分が古代人であったと仮定してみる。真っ赤な顔料をつかって太陽や乳房を、あれほどの面積に描くだろうか、という疑問が生じてくる。彼ら古代人は、他の古墳でもたくさんみられるように、人物や馬や船などの具象画も描いている。

その彼らが、である。いつの時代でも誰でもみることのできる太陽や女性の乳房を、あのスケールで描く必然性があるだろうか、とわたしには思われるのだ。その幾何学模様はその面積といい色彩といい、それが特別に重要なものであることを誇示するかのように（太陽や女性の乳房が重要ではない、ということではない）、圧倒的である。

つまり彼らは、その幾何学模様こそ永遠に残す価値のある、ほとんど唯一のものだという揺るぎない認識をもっていたのではなかろうか。それに、その幾何学模様が古代人の中でもごく少数にしか観ることを許されていなかったものともなれば、ますます岩に残す価値があると考えたのではなかろうか。わたしにはそう思えてならない。

熊本県の装飾古墳をみにいく機会があるかたは、装飾古墳館のレプリカではなく現物をみて、幾何学模様から放たれるそのヴァイブレーションを受けとっていただきたい。

最後に、古墳に関してとても興味深い体験をした話を紹介したい。これはまだほんの二年前の出来事である。散歩中にある公園の中を横断しようとしたとき、それが視界に入ってきた。地面に何かが落ちていたのである。一体何がそこにあったのか想像してみていただきたい。なんとそれは前方後円墳だったのだ！　世界広しといえど、前方後円墳の「落とし物」に遭遇したことのある人間はわたしくらいであろう。

しかし、このことが意味することは何だろうか？　わたしに前方後円墳を研究しろとでも言っているのだろうか。いや、それなら霊夢で事足りるはずだ。

ひとつだけ言えることがある。古墳に興味をもつと、古墳が近づいてくるということだ。「四十一　神亀山と海亀の謎」でも古墳の神秘を扱っているので、お読みいただきたい。

余談だが、熊本市の塚原古墳群は未調査の数まで含めると、日本最大級とされている宮崎県の西都原古墳群をはるかに凌ぐ規模である。今後の調査が待たれる。

ついでに重要なことをもうひとつ。古墳の石人や副葬品の現物を博物館に展示している光景をよくみるが、わたしに言わせれば、こういうことは絶対にしてはいけないことである。

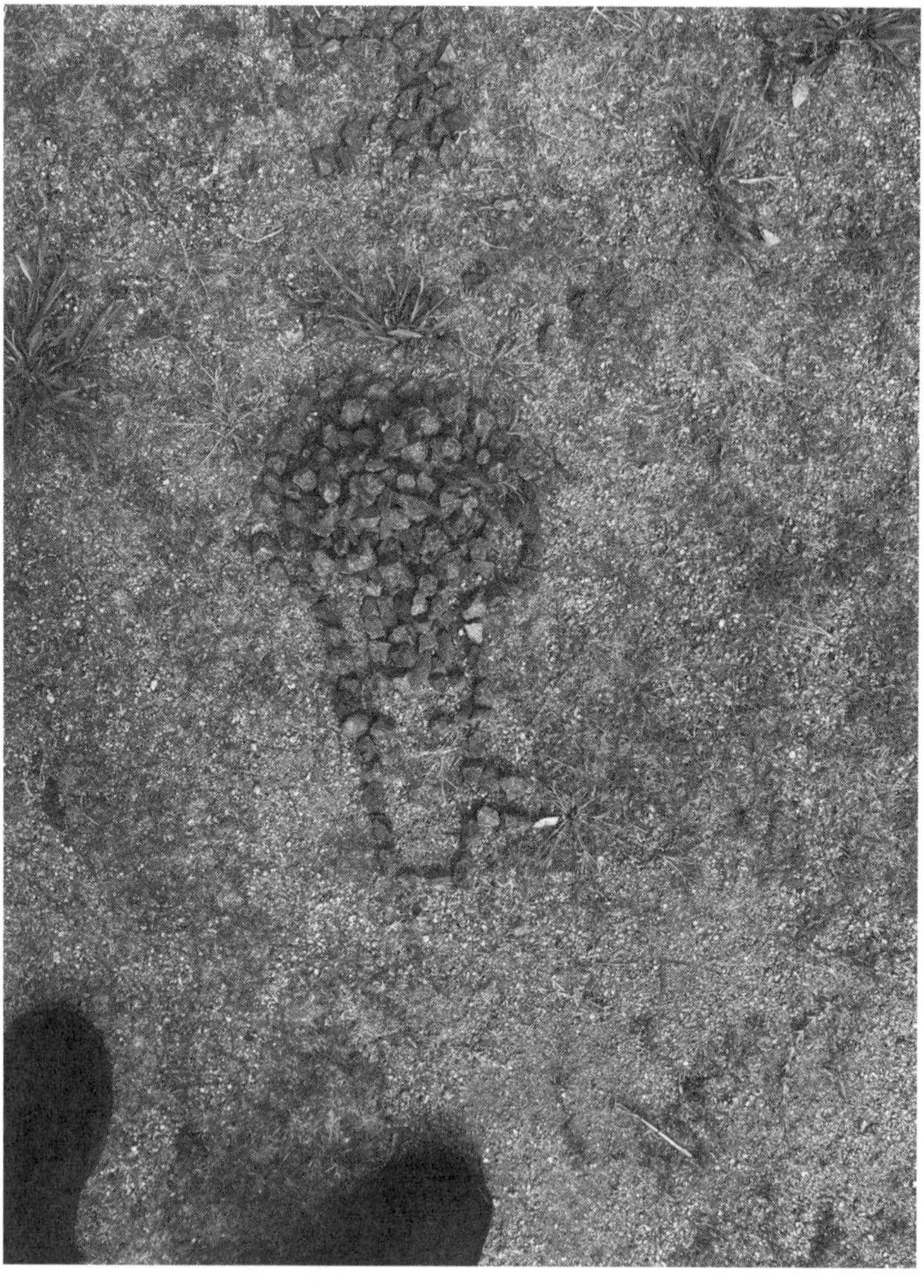

世にも珍しい、散歩中に偶然遭遇した「前方後円墳」の落とし物
無理して、神秘を探し求めて人気のない山や洞窟にいく必要はない。路地裏、公園、坂の途中はそのまま異世界へと繋がっているからだ。だから散歩はわたしにとって異世界サーフィンなのだ。（熊本市西区春日・ぼうぶら公園にて　2021年 10月 16日筆者撮影）

十五　神秘の六角形

　これは、神秘の幾何学模様を観はじめたのと同時期に観たものである。それを観たときの意識状態も同じコンディションだった。

　ある日、森の中で瞑想していた最中にウトウトしはじめたとき、とつぜん六角形が目の前に立ちあらわれた。幾何学模様と異なる点は、六角形の輪郭だけが心眼にあらわれたことである。そしてそれは生命的なエネルギーを感じさせた幾何学模様とは対照的に、無機質な印象をいだかせた。わたしがおぼえているかぎり、この六角形を観たことは三回ある。三回もあるということは、これが特別に重要な形ということである。


　六角形は自然の中に内蔵された、自己生成するもっとも完成された形である。自然の中にはそもそも完成へとむかう「意志」があるのではなかろうか。溶岩が冷えて固まってできる柱状節理は見事な六角形だし、雪の結晶も六角形を形成することが多い。生き物においては、亀の甲羅や蜂の巣も六角形である。それに出雲大社の神紋も六角形である。

　ところが興味深いことに、これが地球固有の現象でないことがすでに判明している。土星探査機カッシーニから撮影された画像からは、土星の北極面に巨大な六角形が確認されている。土星のこの六角形については、実態が何なのかまだ解明されていない。

このように、わたしたちの身のまわりにあるものはまだまだ未解明のものが多い。というよりも、部分も全体も未解明だらけなのだ。わたしたち人間は、知っているつもりになっているだけなのだ。先にとりあげた前方後円墳もそうだが、その形の神秘はいつか人間によって解明されるのを首を長くして待っている。

十六　シッティング・ブル

これを観たときの意識状態も、幾何学模様や六角形を観たときと同様であった。仕事部屋の椅子に座って、廊下の壁をみながら瞑想をしていたときにそれは起こった。わたしがみていた廊下の壁には、ネイティヴ・アメリカンのシッティング・ブル（＊本名：タタンカ・イヨタケ。ラコタ・スー族の戦士、呪術師。対白人戦においてネイティヴ・アメリカンたちに多大な精神的影響を与えたカリスマ）の写真が額縁に入れられて飾ってあった。心を完全に支配下におさめていることは、その眼差しと口元からだけでも十分過ぎるほど伝わってくる。

「目は口ほどにものを言う」と言われるが、(『回想録』をものしたジョコモ・カサノヴァも指摘しているとおり) 人相は人生の縮図である。シッティング・ブルの瞳は無限につうじている。

いつの間にかまどろみはじめてハッとしたとき、シッティング・ブルのその額縁の中から何台もの、色鮮やかな車がニョキニョキといった具合に這いだしてきたのである。より正確に言うと、シッティング・ブルの肩口のあたりから、それは出現した。

三台目の車がでてこようとしたとき、わたしの意識が完全に覚醒し、それと同時にこのヴィジョンは消えてしまった。

このヴィジョンが意味することは、神様のユーモアを交えた「有は無より生ず」という老子の言葉の演出である。メディスン・マン (＊呪術師) であったシッティング・ブルの住する無から、存在の世界 (目にみえる物質の世界) が生まれているのである。なんともそのアーティスティックな表現に、わたしはとても感動した。それで後日、このヴィジョンをモチーフに作品を描きあげた。

この「シッティング・ブル」についての文章を書きおわった翌日、無について、興味深い夢をみた。夢の中のわたしはある集団の中にいた。ひとりの男が一冊の本をとりあげた。本の題名は『無について』だった。わたしはその男に指名されて、『無について』の「無」を西洋人にもわかるように他の言葉に置き換えることはできるか、と訊かれた。それでわたしはこう答えた。

「一神教の神でしょうか? 無は、何もないことと理解されることが多いのですが、必ずしもそうした意味だけではありません。老子の無は、万物を産みだす母体です。神さえもがこの無から生じます。ですから、無という概念は神と置き換えることはできませんが、ある種の絶対的な概念に近いものがありますね。一方で、『日本書紀』の中の一説に、神は〈もの〉から生まれるという記述があります。ですから、日本の国史にも神に先んじる概念があるのです。〈もの〉に内包される意味は、現在つかわれている〈もの〉という言葉の意味をはるかに超えているのです。神をも産みだす〈もの〉です。ここには究極的な唯物論が生みだされる土壌があるように思えませんか?」

夢の中のわたしは、無の表現方法について考えながら話を続けた。すると不思議なことに、無についての思考を続けながら目覚めたのである。こんなことははじめてである。だからわたしは、無についてもっと詳しく説明をしてほしいという要請が「無」自体から入った、と解釈した。それで最後にこの文章をつけ足した次第である。親愛なる「無」よ、これで満足いっただろうか？

サインと予知夢

十七　吉事にも凶事にもサインがある

　この世の中には、サインや予兆というものが存在する。これは大なり小なりサバイバルの要ともいえる貴重な現象なのだが、これに気づかない人が実に多い。日本では昔から「虫の知らせ」として知られてきたが、そうしたサインが否定されたり軽んじられたりするのは、現代人に特徴的なことである。

　あれはまだ、わたしが新卒で就職した企業に勤務していたころに起きたことである。

　その年の冬、わたしははじめてもらったボーナスのつかい道として、岩手県の遠野に友達と三人で旅行することにきめていた。まだスマホはおろかＰＨＳすらなかった時代の話である。駅ビルのホテルを予約して、新幹線の切符も買った。

そんなある日のこと、わたしの職場に友達から外線がかかってきた。何か緊急事態でもあったのかと思って電話にでると、三人分の新幹線の切符を紛失してしまったという。失くしたものはしょうがないと相手を慰めて、わたしは電話をきった。

その後、鉄道会社まで友達と一緒にいったわたしは、何か対処の仕方はないのか、と従業員に訊いた。応対した従業員は、ありませんねと即答した。わたしたちは新たに新幹線の切符を購入するか、それとも予約した宿をキャンセルするかという選択を迫られた。


まだ判断保留の状態だったその翌日、また同じ友達から外線がかかってきた。前回の電話とうってかわって、声のトーンが明るかった。聞くと、ダメもとで警察署にいったら、紛失した新幹線の切符が届けられていたという。それでわたしたちは予定どおり遠野へいくことができたのだが、いちど新幹線の切符を紛失したことの意味は現地で知ることとなる。

わたしたちが現地で経験させられたことが、今になって思い出してもあまりに腹立たしいことなので、ここにその詳細を書いて嫌な心理を反芻するような過ちは犯したくない。しかし、買ったばかりの新幹線の切符を三人分も紛失するということ自体なかなかあり得ないことである。今になって考えると、それは明らかにサインだったのだ。

何か重要な予定、旅立ち、引っ越しなどの前日にみる夢や、思わぬアクシデントの発生はサインである可能性が高い。たったこれだけのことに気づくだけでも、わたしたちは思わぬ事故、損失、怪我、不愉快な出来事を回避できる可能性が高まる。

もしこうしたサインをいちども感じたことがない人がいるとすれば、それはその人に問題があるのかもしれない。

さらに、凶事のサインの話をする。

サインが仄《ほの》めかす意味を解読することは、ときとして暗号の解読のような様相を呈してくることがある。そこに何かメッセージを発しているかすかな兆候でも感じようものなら、わたしはすぐにサインの解読モードに入る。が、伝えようとしていることが即座にわかる場合もあれば、暗号の解読と同様に困難をきわめることも多い。

つい先日体験したばかりのホットな例をあげる。

そのサインがあった翌日、わたしはあるキャンプ場でモンゴルゲルに宿泊する予定を立てていた。遊牧民がつかう、あの大きなテントのようなものである。

そのサインとは、気づかないうちに右手の親指に切り傷ができていたことである。ふつうの人ならば、こういう状況にあっても「気づかなかったな」でおわってしまうようなことである。ところが、ことわたしに関するかぎり、「気づかなかったな」でおわるようなことはあり得ない。「気づかなかった」ということは、それがサインだという証拠なのだ。

ふつう、怪我をするときには必ずその原因がある。転んだから、膝を擦りむいた、というようなことである。ところが、それがサインである場合は、怪我をした原因が存在していないのに「怪我」だけが突如としてあらわれることがあるのだ。信じがたいかもしれないが、これは本当のことである。同様のことを、わたしはこれまでになんども経験している。だから、わたしはキャンプ場で何かが起こるのではないか、と想像した。

実際に考えた手順はこうである。出発の前日に傷ができたということは、旅行中に何かが起こることを暗示しているということだ。そして、傷が浅かったということは、そのハプニングはそれほど大事にはいたらない程度のものだ、ということである。

ところが、である。数あるサインの体験談からあえてこの直近の体験談を紹介しようと思った理由でもあるのだが、なんと二つ目のサインがあらわれたのである。二つ目のサインに気づいたのは、現地に到着してモンゴルゲルの中に入った直後だった。興味深いことに、こんどは左手の人差し指に傷ができていた。

いつこの傷ができたのか気づかなかったわたしはこう解釈した。二回も同じ方法でサインがあらわれたということは、厳重注意すべし、ということにちがいないと。

ところが、サインのベテラン・リーダーの解読を嘲笑うかのような結果が待っていたのである。

モンゴルゲルの入り口は低かった。腰を曲げなければ行き来ができない高さである。それに加えてドアの建てつけが悪いらしく、鍵をあけたあと、グッと体重をかけてドアを押さなければあかないほどドアが重かった。

トイレにでようとしてドアに体重をかけたとき、それは起こった。とつぜんあいたドアのせいでわたしは前のめりとなり、その瞬間したたかに頭頂部を頭上の板にぶつけてしまったのだ。目から火花がでた。あまりの痛さに頭頂部を触ってみたが、血はでていなかったのでホッとした。このときにようやくわたしは、サインが予告したのはこのことだったのだと気づいた。

ところが、話はこれでおわらない。それから数時間が経過して、ふたたびトイレにいこうと思ってドアを思いきりあけたわたしは生粋のアホなのか、再度頭の同じ場所を板にしたたかにぶつけてしまったのである。これでやっとわたしは、二回も指に切り傷をつくってしまった理由を知った。二ヶ所に切り傷ができた理由は厳重注意という意味ではなく、文字どおり、二回同じ目に遭うという意味だったのである。これほどサインというものは正確な表現をおこなうものなのだ。

その日はビールを飲んでいたために気にならなかったが、翌日になってなんの気なく頭頂部に触れると、血が固まっていた。ここから学んだことは多い。頭頂部の同じ場所をしたたかに板にぶつけると、二回目には血がでるという単純な真理を学ぶことができた。しかし、この旅が本当に楽しい旅となったこともつけ加えておきたい。

さらに、もっとも激しかった凶事のサインについて紹介する。先に触れたが、これから起きる物事の程度に応じてサインはあらわれる。

これから話すことを体験したのは、今からもう六年ほど前になる。当時のわたしは四十八歳だった。

ちなみに、人生の中でもっとも辛い経験をしたときの年齢を、世界中の人に尋ねたアンケート調査があるという。もっとも多かった回答が四十八歳というから非常に興味深い。

この年齢のとき、わたしは三つの辛い経験をした。そのひとつについては「二十二　神様のクリスマスツリー」に書いた愛猫モーモーの失踪である。そして次に起こったのが、上の階に住む人間の騒音問題だった。わたしは引っ越しをすることでこの苦痛に終止符をうった。そしてもうひとつの嫌な経験が、これから話すことである。が、その詳細には触れない。心理の反芻だけは断じてしてはいけないことだからである。


核心部分だけ話すと、こんな具合である。

ある日、洗い物をおえてキッチンの引き出しに手をかけたとき、指先に激痛が走った。びっくりしてみると右手の中指から鮮血が滴り落ちていた。まるでアイスピックで突き刺したかのような傷だった。

応急処置をしたあと、わたしは引き出しの下を確認した。先の尖った木材でもあれば、また同じ目に遭うかもしれないと思ったからだ。だが、そんなものは一切なかった。その瞬間それがサインであることに気づいた。何かとても嫌なことに巻きこまれるサインであると。

その結果はすぐにやってきた。

その内容を簡単に話すと、わたしが一年近くものあいだ費やしてきた労力と時間を失ってしまうか（まったくの無駄になることはないとはわかっていたが）、それとも、先方の突きつける受けいれがたい条件を受けいれるか、ということだった。そうした究極の選択をわたしは突きつけられた。

もちろんこれは、仮契約をかわした時点ではまったく予想すらできなかった事態だった。手短に言えば、自分を失うか、金を失うかということだ。一週間ものあいだわたしは悩んだ。が、心の奥底ではすでにきめていた。絶対に受けいれてはならないということを。

その邪魔をしたのは計算高い理性だった。理性は最後の最後まで、受けいれがたい条件を飲むことで得られるその対価を鼻の先にちらつかせた。が、もしその条件を受けいれれば、印税という対価と引き換えに、わたしは自分そのものを失ってしまうことになると思った。

当然のことながら、わたしはその提案を拒絶した。目の前の打算だけで受けいれてしまえば、その先一生後悔することになるとわかっていたからだ。

今思えば、このときにわたしが体験したトラブルには、表面にはあらわれてこないある種の力が働いていたように思う。実のところ、少々ぼやかした表現をあえてさせていただくが、精神的な道を歩もうとする者には時折そうした力が干渉してくるということはつけ加えておきたい。

この世界が善だけで成り立っていないことは、この文章を読んで下さっているあなたがたもよくご存知のはずである。光がなければ闇も存在しないように、善があれば、悪も存在するのだ。光が強ければ強いほど、闇もまた深くなる。自分をどの座標におくかによって、善悪の見えかたは変わる。

日常生活やサバイバルにおいてもっとも重要な、凶事を知らせるサインについて話してきたので、次に、吉事に関する霊夢やサインについて述べる。

まずは、お金についての話を紹介したい。以前、わたしは時折金運があがっていることを知らせる霊夢というものをみた。それはある年をつうじて数ヶ月間隔でみた。これはわたしの場合にかぎったこととして聞いていただきたい。なぜなら、人によって示される映像やサインは異なるからだ（同じ場合もある）。

夢の中に虹があらわれたときは、わたしの場合、金運があがっているサインであることが多い。もちろん虹の夢が金運を表していない場合もある。

では、どこでそれを区別するのか。それは簡単である。金運を表す虹の場合は、虹が何重にもかさなることが多い。二重の場合もあれば、ときとして三重の虹があらわれることもある。さすがに三重の虹があらわれることは非常にめずらしいのだが、夢にこの三重の虹があらわれた朝、わたしは迷うことなく宝くじ売り場にいってスクラッチを一枚だけ買った。わたしの年齢でくじを一枚だけ買う人はめずらしいのだろう。買うときに枚数を告げると、店員さんは、

「一枚でいいのですね?」と念押しをしてきた。

帰宅してからスクラッチを削ると、三万円が当たっていた。三重の虹だから三万円だったのか、とわたしは思った。

数日後、くじを買った店にいってスクラッチを店員さんにわたすと、わたしのことをかすかにおぼえていてくれたようで、

「一枚しか買わないのに三万円も当たる人はいませんよ」と教えてくれた。ちなみに三万円程度の当選金はその場ですぐにもらうことができる。この年は、大した金額ではないが、こんなことが何回もあった。だからもしかしたら、金運に恵まれる年というのがあるのかもしれない。重要なことは、一枚だけ買うことである。

次に、夢以外に金運を知らせるものの話を紹介する。

それは、蛇が道を右から横ぎったときである。これはマタギなどの伝承として複数の本にも書いてあることなので、ご存知のかたもいるかもしれない。歩いているときにこれに出会うと、今までの経験上百発百中で当たっている。これも虹の夢と同様に大した金額ではなかったが、すべて当たっているという点はすごい。


最初にこれを経験した場所は、ある古刹《こさつ》の境内であった。境内の片隅をとおりぬけようとして草叢の中を歩いていたとき、目の前にマムシがいることに気づいた。危うく踏んでしまうところだったが、ギリギリでマムシを飛びこえた。

その直後、今のマムシは右から左へわたっていったなと思い、すぐに引き返してスクラッチを買いにいった。当たった金額は千円だったが、これと同様の経験をなんどもしたことがある。


次に、これは水俣の山奥に住んでいるわたしの親戚筋から聞いた話である。

ある日、彼女は道端を歩いていたそうである。するとマムシが道を横ぎったそうだ。そのまま歩いていると、マムシがいた場所からそれほど離れていないところにクシャクシャに丸まった何枚もの札束が落ちていたそうである。

この話をわたしにしてくれたとき、すぐにわたしは彼女に尋ねた。マムシは右からでてきはしなかったかい、と。そのとおり、と彼女は即答した。


この、蛇の授ける金運のサインについては留意しなければいけない点がある。わたしの経験上、そのひとつは歩いているときに蛇が横ぎらなければならないということである。車を運転しているときに蛇が横ぎったこともあったが、くじは当たらなかった。

もうひとつは、絶対に、右から左に横ぎらなければならないということである。以前にいちど、蛇が左から右へ横ぎったときにためしにくじを買ってみたことがあったが、結果はハズレであった。

ここから言えることは、伝承されてきた事柄は厳密だということと、本当の話が多いということである。もし多くの人に試されて信憑性が低いということになれば、そもそも伝承は途切れてしまうであろう。


金運にまつわる話をしてきたが、ここまで読んでおそらく読者にはひとつの疑問が生じたであろう。それは、お金そのものが夢にでてきた場合も金運を知らせるサインなのではないか、という疑問であろう。その他、大黒様や恵比寿様がでてきたときはどうなのか、など様々な内容の夢があると思う。

それにたいするわたしの答えはこうである。あなたのみた夢が霊夢であるということがポイントである。

では、霊夢かどうかというのはどうやって区別することができるのか？

それにたいする、言葉としての答えは単純である。霊夢には余韻があるが、雑多なただの夢には余韻がない。トム・ブラウン・ジュニア氏も同様のことを言っている。

もう少しつけ加えると、霊夢には、あなたに何かを伝えようとする雰囲気のようなものがあり、その雰囲気は目覚めたあとでも余韻として残っている。たとえば、誰かがあなたに話しかけようとして、途中でやめたとしよう。が、あなたには、その人が話しかけようとしていたということがわかるはずである。霊夢をみたあともこうした余韻が残るのだ。

それに先にも述べたが、霊夢の場合は、夢をみた直後に目覚めることが圧倒的に多い。その理由は、今みた霊夢の内容を鮮明におぼえさせるためである。もし霊夢をみたあとにも複数の夢をみて、何時間も経過したあとに目が覚めたとしよう。あなたは完全に霊夢の内容を忘れてしまっているか、運よくおぼえていたとしても、その大部分が色褪せてしまっていることになろう。

もうずいぶん前のことになるが、一夜のうちにいくつの夢をみるか数えてみたことがある。就寝前にたっぷりと瞑想をすると、かなりの確率で明晰夢をみることになる。そうすれば、ひとつひとつの夢を鮮明にみることができるばかりでなく、鮮明な状態で記憶しておくことも可能になる。

そうして眠ったところ、おぼえているかぎりでも七つの夢をみたことがわかった。霊夢以外の夢のみかたはたいていこうしたものなのだ。


だから重要なことは、どんな映像をみたにしても、そこから霊夢としての雰囲気や余韻をあなた自身が感じたかどうかである。実際に、虹以外の映像が夢にあらわれ、夢の中でそれが金運を知らせるサインだと即座に感じたことも数回あった。

瞑想を続けていると、明晰夢を日常的にみるようになる。このことに関してはまた別の話で触れることにする。いずれにしても、こうした霊夢をみることが日常的になると、金運を知らせる霊夢をみていないのに宝くじを買う、などといった無駄なことをしないようになる。


このように、本来この世界はメッセージで満ちあふれている（つまり、愛で満ちあふれている）。重要な点は、吉兆としてのサインを見過ごしても問題にはならないが、凶事のサインを見落とすと辛い結果が待っているということである。もちろん、このサインを受けとめても、結果をさけることができない場合も多い。が、もし凶事のサインを受けとめて、予定とは異なる別の選択をすれば、凶事をさけることができる可能性もある。

凶事のサインがわからなかった場合、あるいは無視したとき、最悪の場合、死にいたる可能性すらあるということを指摘しておきたい。そうした、死の可能性や重大な事故を知らせるサインの場合、サインの程度もそれに比例して「甚《はなは》だしい」ものとなるはずなので、よほど鈍感でないかぎりはそれとわかるはずである。

このように、あらゆるものからサインを読みとるようになってくると、好ましくない選択や、正しい選択をしたときにそれが自ずとわかってくるようになる。つまり、あなたがサバイバル的状況に陥る可能性が確実に減ることになる。もっと言えば、こうした体験の蓄積やそこから導きだされた洞察は、この世界が本来スピリチュアルな成り立ちをしていることに気づかせてくれるだろう。

最後に、つい先日わたしが体験したばかりのサインの奇跡を紹介させていただきたい。

年の瀬のある日、この本の原稿を少数だけ刷って、特定の知人に手渡しした。が、内容が特殊なだけに、それをわたしたことが果たして本当によかったことなのかどうか、と少しだけ気になっていた。当日何もサインを見なかったからである。

ところがその翌日のことである。所用で水俣にいった帰り道、わたしたちの車の前に、みたこともないほどの巨大な虹が立ちあがっていることに気づいたのである。その虹はちょうどわたしたちの車が走る国道をまたいで立ちあがっていた。

虹をみたわたしたちは興奮して、虹の下をくぐってみようと思いたった。ところが、わたしがアクセルを踏むその速度に合わせるかのようにして、巨大な虹が前方へと移動し続けたのである。

結局、この虹は田浦から八代（＊田浦、八代は熊本県の八代海に面した町）までの三十キロほどの道のりを、わたしたちの車の速度に合わせて前方に移動し続けた。これには証拠となる動画もある。神様にお礼を述べたことは言うまでもない。

とにかく、サインはどれも有用で貴重なメッセージばかりだ。が、そうした貴重なメッセージが不発弾でおわってしまうのは、それに気づかないわたしたちの側に問題があるのだ。もしあなたが開いていれば、なんの問題もない。ある晴れた日曜日、とつぜん届くプレゼントのように、あなたにとって有益なメッセージが遅かれ早かれ、あなたのもとに訪れることになる。しかも、あなたに届くメッセージの発送費用は、無償の愛だけである。

十八　蟻がつげる戦争のサイン

熊本地震の予知夢をみたときあたりから、戦争が起きる夢を頻繁にみるようになった。ある晩にみた夢はとても変わっていたので、いまだに鮮明にその映像をおぼえている。夢の中に蟻たちがでてきたのだ。そしてその蟻たちは戦車や装甲車などを背や頭の上にのせて、せっせと運んでいたのである。

目覚めた瞬間、わたしは今みた夢が、近い将来どこかで大規模な戦争が起こることを知らせる霊夢だと確信した。

「二十三　浮島の啓示」でも、蟻たちが重要なメッセージを与えてくれたと書いた。中南米の先住民のあいだでは、蟻は知恵のある神様のような存在として民話や神話の中に登場する。だから、蟻が夢の中にでてきたときは、スピリチュアルなメッセージかもしれないと思ったほうがいい。

この他、戦争に関する夢はなんども見ているが、皆さんもご存知のとおり現在世界では複数の戦争が勃発している。蟻の夢はこのとおり現実となった。

戦争についての話で思い出したが、今から数年前にこんなこともあった。

わたしが現在暮らしている丘の上には仏舎利塔《ぶっしゃり》がある。この仏舎利塔の話は別個にする（「四十　花岡山の仏舎利塔」をお読み下さい）つもりであるが、その丘の上にこの仏舎利塔を管理している日蓮宗系のお寺がある。

いつしかわたしはこのお寺のご住職と懇意になり、数ヶ月おきにお茶を飲みながら雑談をする仲となった。わたしが面識をもたせていただいたとき、このご住職はすでに九十歳を越えていらっしゃった。

ある年の大法要では、並いるお坊さんたちを前にして挨拶を兼ねた小話をさせていただく機会もあった。挨拶の依頼をされたわたしは大法要の一週間ほど前にご住職におうかがいをたてた。一体どのようなお話をさせていただいたらいいでしょうか、と。その際にご住職が、「吉田さんが思ったことなら、なんでも構いません」とおっしゃって下さったのも、今となっては懐かしい思い出である。そういえば、遠くアメリカからデニス・バンクス（＊アメリカインディアン運動の指導者）が会いにきたのも、このご住職である。

前置きが長くなったが、あるときこのご住職がこんなことをおっしゃった。

「地震（熊本地震のこと）のあとは戦争です。そうきまっています」と。

今考えると、その後の世界はあのときにご住職がおっしゃったとおりになった。ご住職は、事あるごとに軍備撤廃や平和の大切さを説いておられたが、そういう話を聴くと、わたしはいつもご住職の思想について考えながら、お寺をあとにしたものである。平和が大切なことは言うまでもないことだが、軍備撤廃に関しては異論があったからである。

たとえば、立正大学の学長を務め、のちに日蓮宗の権大僧正までのぼり詰めた石橋湛山《たんざん》元首相は、非武装中立を辛辣に批判したことで有名だ。

出家僧としての期間が長くなるとそうした現実感覚が失われてしまうのか、と少し残念な気がしたことをおぼえている。ところがあとになって、ご住職は理想世界としての仏国土を追求する宗教家であるから、むしろ非武装を叫ぶことに意義があるのだ、とわたしは思うようになった。

十九　朝倉水害の予知夢

二〇一七年、当時のわたしは仕事の関係から太宰府に住んでいた。この年の七月四日の晩、夢の中である声を聞いた。その声は同じ言葉を二回くり返した。「あさくら」、「あさくら」と。そしてなぜかそのとき、わたしがお世話になった大学の恩師が夢の中にあらわれた。

目が覚めると、朝倉市（太宰府からそれほど離れていない）が集中豪雨の被害を受けていることをニュースで知った。この水害は一般的に九州北部豪雨と言われているものである。甚大な被害がでた水害だったのでご記憶のかたもいよう。

当時わたしはすでに脱サラしていたが、実のところこの朝倉市という地域の周辺は、わたしの以前の仕事の取引先が相当数いた場所なのだ。それで、こうした霊夢をみさせられたようにも思う。わたしのよく知った事業所の大半がこのとき大きな被害にあった。

一方、なぜ大学時の恩師がこの水害の予知夢にあらわれたのかということだが、その件をメールで恩師にご連絡したところ、興味深い事実がわかった。その前日にとり寄せていた和菓子の製造元が、なんと朝倉市にあったのだ。それでこの恩師は、災害復興の目的でふたたびこの菓子屋に同じ和菓子の注文をなさったそうである。

このように、霊夢の内容は単一のものとはかぎらない。複数の意味をもたせている場合も多い。

二十　宮崎地震と大阪地震

その後、宮崎地震と大阪地震も前日に予知夢としてみさせられたが、自分との関係が比較的うすい出来事の予知夢はあっさりとしている印象がある。宮崎地震（二〇一九年五月一七日発生）のときはわたしが住んでいた熊本市内も揺れたので、大阪地震よりもやや予知夢の内容が濃いめであった記憶がある。夢の中で熊本県知事からわたしに電話がかかってきて、「吉田さんのところは大丈夫でしたか？」と尋ねられた。

大阪府北部地震（二〇一八年六月一八日発生）に関しては、そのものズバリ、地震で家々が揺れる夢をみた。が、場所までは確定できなかったのをおぼえている。その理由は、わたしの住んでいる場所から遠かったことと、直接的な影響をこうむる恐れのない地震だったからだ。

二十一　桜島噴火の予知夢

二〇二三年十月二四日。深夜、火山が噴火する生々しい夢をみた。みた瞬間に目が覚めた。典型的な予知夢の例である。どこの火山かはわからなかったが、自分が予知夢としてみさせられたことを考慮すると、九州の火山であろうと思えた。

朝になって調べると、わたしが噴火の予知夢をみたわずか数時間後に桜島が噴火したという速報がでていた。

戦争の予知夢や自然災害の予知夢について述べてきたが、こうした災害の予知夢をみることができれば、事前に対策を練ることも可能となる。実際、わたしの住む熊本県には火山がたくさんある。休火山までを含めれば、北から南まで火山だらけの県なのだ。

地震や火山噴火に関しては、いまだに科学で予知することができないでいる。心に追いつく科学はない、というのがわたしの考えである。その理由は、心は時間と空間を超えるからだ。長年、瞑想を生活の中心に据えた生活をしていれば、いつしか自分の心が、世界から届く様々な重要な情報の受信機となっていることに気づくであろう。

二十二　神様のクリスマスツリー

　これまでに様々な種類の非日常的な事柄を経験してきたが、この体験はその中でもひときわ深く心に刻みこまれている。

　これは、わたしにとても懐いていた野良猫のモーモーが四ヶ月間姿を消した話である。ある夏の豪雨のあとモーモーが姿を消した。このかわいい小さな生き物が姿を消す前には、なんの前触れもなかった。

　姿をみせなくなった数日後から、わたしと家内は毎晩モーモーを探しにでかけた。昨晩はこの通りを探したから、今日はあっちの通りにいってみようといった具合に、わたしたちは自宅周辺のありとあらゆる場所を隈なく探した。

　なんの進展もないまま数ヶ月が過ぎようとするころには、わたしはほとんど諦めかけていた。が、そのことは口にはださなかった。愛猫家のかたならこの心情はわかって下さることと思う。

　そして四ヶ月が過ぎようとするころになると、ほとんど惰性で見回りをするようになっていた。これほど探してもみつからないということは、モーモーはどこかで車に轢かれたか、縄張り争いで殺されたか、そのどちらかだろうとわたしは思った。

モーモーがいなくなってからちょうど四ヶ月目の朝、まず、美しい鳥の声が聴こえてきたという話は「三十五　鳥はメッセンジャー」のところにも書いている。

美しい鳥の声を聴いたわたしは、すぐにそれが何かの吉兆であることに気づいた。美しい声がまっすぐに心の中に入ってきたからである。


それから、シャワーを浴びて朝の瞑想をしている最中にそれは起こった。寝室で瞑想をしていると、何もない空間に突如としてクリスマスツリーが出現したのである。そのクリスマスツリーは光を四方に放ちながらグルグルと回転していた。飾られたオーナメントが回転するときに遠心力によって浮きあがる様は、あれから六年が経った今でもよくおぼえている。

そして光のクリスマスツリーは出現したときと同様に、数秒ののちにはとつぜん消えてしまった。美しい小鳥の声を聴いたあとにこの奇跡が起こったので、よほど何かあるにちがいないとわたしは思った。


が、夕方になるころには朝方の出来事についてほとんど忘れかけていた。

そろそろ仕事をおえようと思っていたとき、朝鳴いたのと同じ鳥の鳴き声がした。わたしは、またあの鳥だと思った。パソコンの電源をおとし、部屋の電気をきって廊下からダイニング・キッチンに入った。すでにダイニング・キッチンは薄暗くなっていた。

今思えば、このときすぐに居間や寝室にいかなかったのがよかったのだ。キッチンの電気をつけたそのとき、勝手口の外から野良猫の鳴き声がけたたましく聞こえてきた。キッチンの電気に反応してその猫は鳴いたのだった。

最初は最近毎日のようにくる野良猫かなと思ったが、続け様に声がしたとき、わたしにはそれが紛れもないモーモーの鳴き声だということがわかった。その声は死に物狂いの叫びのように聞こえてきた。

勝手口をあけると、四ヶ月間毎日探し続け、夢にまでみたモーモーが部屋の中に踊りこんできた。モーモーは嬉しさのあまりわたしの脚に体をこすりつけながら、脚のまわりを八の字にグルグルとまわり続けた。わたしはモーモーが嫌がって顎を甘噛みしてくるまで、彼のフサフサしたおでこに自分の額をこすりつけた。

四ヶ月間姿をみせなかったモーモーはガリガリにやつれて疲弊しきっていた。そのあいだモーモーがどれほど過酷な境遇にいたのか、その姿をみただけでわかった。四ヶ月間も姿をみせなかったにもかかわらず、わたしたちはいつモーモーがあらわれてもいいように、いつも彼がつかっていた木皿をそのまま床の上においていた。そこに彼の好物のいりこを入れてやると、モーモーはいりこを貪り食った。

その晩、家内が帰宅してモーモーに再会し、三人で（ふたりと一匹で）再会を祝いあってから外にだした。次の朝、またきてくれるかな、と少しだけ心配しながらわたしたちは就寝した。翌日早起きしてカーテンをあけると、すでにモーモーはきていた。


このように、吉事が起きるときには、そう感じさせるようなサインがあらわれる。今回お話しした話は、それを説明するだけの体験談にしてしまうにはあまりにわたしの心に近過ぎる思い出である。

が、これまでの経験から言えば、吉兆は吉兆とわかるサインであらわれ、その反対も同じである。凶事が起きるときのサインは不吉な印象をともなうものだ。そして吉兆も凶事のサインも、のちに起きることの程度に比例した形であらわれる。少なくともわたしの場合は。

モーモーとの再会を予感させるサインは、わたしがもっとも望んでいたことだったからこそ、奇跡的なサインであらわれたというわけである。一方で、凶事が起きるときには、怪我をする場合もあれば、ときには流血をともなうサインの場合もある。

野良猫のモーモー（筆者撮影）

二十三　浮島の啓示(大変動への処し方)

この夢をみたとき、わたしは久しぶりに頭をひねった。

それをみたのは二〇二二年の夏である。夢の中のわたしはある島にいた。その島の名前は「浮島」だった。その島で大金の受けわたしがおこなわれ、その一部をわたしがもらう、というのがこの夢の大雑把な内容である。

重要な点を並べてみる。島の名前が「浮島」である点（自分の知らない地名がでてきた夢は霊夢であることが多い）。大金が入る点。そしてもうひとつ重要な点があった。島を去るときに、スナメリ（＊イルカの一種。生息域は水深五十メートル以下の、底が砂地の浅い海）

の群れが桟橋をわたっていたわたしに挨拶をしにきたのだ。だから、その島のある海域にはスナメリが生息しているということである。

夢の内容は完全な形であらわれることもあるが、ときとして一部の情報が変形してあらわれることもある。目覚めたとき、それが霊夢だという確信はあった。しかもかなり重要な部類に入る霊夢にちがいないという感触があった。

とにかくこの浮島という島を見つけてそこにいけばいいのだろう、と最初わたしは軽い気持ちで考えた。するとすぐに、熊本市郊外に浮島神社（＊熊本県上益城郡嘉島町の神社）という名の神社があったことを思い出した。その神社は周囲を池に囲まれている。だからこうした名前がついているのだが、以前この神社にはすでにいったことがあった。

夢の中にあらわれた海は、浮島神社を囲んでいる池が変形してあらわれたのだろう、とわたしは判断した。こうしたことは夢の世界ではよくあることだからだ。

が、実際に浮島神社を参拝してみたが、わざわざわたしに霊夢をみさせて招き寄せるほどの現象は何も起きなかった。それで別の可能性を考えてみた。どうも浮島神社というのは、自分が住んでいる場所に近いからという先入観で勝手にきめてしまっただけで、もっと範囲をひろげて調べてみるべきだったのではないか、と思い直したのである。

　すると、山口県に浮島（＊山口県周防大島町の北に浮かぶ、瀬戸内海の島）という島があるということがわかった。読み方は「うかしま」である。この島にちがいない、とわたしはなかば確信した。

　しかし、わたしは真夏に遠距離を移動するのが嫌だった。それは自分が熱中症に罹りやすい体質だからである。長距離を運転しているだけで、熱中症に罹ったことがなんどもあった。それに一族には、実際に熱中症で命を落とした者もいる。


　それでわたしは夏にいくことを躊躇した。が、スピリチュアルな働きかけがあったときは、極力間をおかずに実行に移すことが鉄則であるということは、過去の経験から十分過ぎるほど学んでいた。

　どうしたものか、ときめあぐねていたとき、ひとつの単純な事実がわたしの背中を押してくれた。それは何かと言えば、夢の中にでてきた大金である。霊夢の内容をもういちど思い出してみたとき、浮島で大金をもらう場面に今更ながら気づいたのである。大金が文字どおりの大金ではなかったとしても、何かきわめて重要なものを授かるのではないか、という気がしたのである。なぜなら、大金の額が億単位だったからだ。

わたしはあまり日をおかずに浮島にむけて出発した。熱中症に罹る心配はあったが、この夢がかなり重要度の高い霊夢であることに想いを馳せると、秋まで待つ訳にはいかなかった。それに、この旅にはもうひとつの目的があった。もうひとつの目的については、浮島訪問の話のあとで語りたいと思う。

広島県呉市で最初の目的を遂げたあと、予想していた熱中症にまんまと罹ってしまったわたしは体に鞭うって、山口県の浮島へむけて車を走らせた。途中で休憩のために宮島サービスエリアに寄った。

このときちょっと不思議なことがあった。たぶんそれは、多くの人にとってはなにげないことでおわってしまうような出来事である。

家内とふたりでサービスエリアの建物の中へ入ろうとしたとき、入り口にベビーカーにのせられた赤ちゃんがいることに気づいた。わたしの目はその赤ちゃんにスッと惹き寄せられた。なぜなら、わたしの顔をみるやいなや、その赤ちゃんがみたこともないような笑顔を浮かべたからだ。

しかも、このときのわたしはサングラスに帽子といういでたちだったので、こちらの顔などみえようもなかったはずなのだ。これには本当に驚いた。まさに蓮の花がパッと咲いたかのような、この世ばなれした歓喜の笑顔だったのだ。

どうしてあんな笑顔をわたしにみせたのかは、そのときはもちろんわからなかった。まるでこちらが誰だか知っていたかのようなそぶりだった。ベビーカーのうしろにいた父親が気にしてわたしのほうをみたので、ベビーカーを通り過ぎてから家内にその赤ちゃんの話をしたところ、なんと家内もそのことに気づいていて、

「赤ちゃんのあんな笑顔はみたことない」と言いきった。

わたしは半世紀以上も生きてきたが、あの日、あの赤ちゃんがみせてくれたような、この世ばなれした笑顔をみたことはないと断言できる。今この文章を書きながらとつぜん閃いたのだが、あれは浮島の霊夢にしたがって、ひどい腰痛とひどい熱中症に罹りながらも、よくここまできたね、という神様の労いの笑顔だったのかもしれない、という気がした。文字にしてみることでわかることは多い。

船にのって浮島に着いたときには、熱中症ばかりか腰痛もかなり悪化していた。長距離をひとりで運転してきた上に、その晩に呉市の中心街にある居酒屋まで何キロも歩き、そして

酩酊した状態でまた何キロも歩いて宿まで帰ってきたことが原因のようだった。少なくとも表面的にはそう思われた。

浮島へいくことだけを考えてきたせいで、いざ上陸してみると、どこへむかったらいいのやらわたしたちは途方に暮れてしまった。島に上陸さえすれば、あとは自ずとわかるとふんでいたのである。

スマホで地図をみると、港から近い場所に磐尾《いわお》神社（＊その昔、島に棲みつく大ネズミを退治したときに建てられた神社。別名は江ノ浦明神）という名の神社があることがわかった。何も考えずにわたしはスマホ片手に歩きだし、大変な思いをして目的の神社にたどり着いた（そのとき、誰かがわたしの歩き方をみたら、百歳を越えた老人にみえたであろう）。するとと、参道にトンビの羽根が落ちていることに気づいた。それでわたしは、この神社が目的地にちがいないと確信した。

神社に着いて参拝をすませたとたんに、わたしは申し訳ないと思いつつ、ヘナヘナと拝殿の前に横になってしまった。それほどわたしの熱中症は重症だったのである。

水を飲んでしばらく休んでいると、こんどは空腹を感じはじめた。悪いと思いながらも自分の体調と相談した結果、拝殿の前の階段でおにぎりを食べることにした。家内も一緒におにぎりを食べた。

島にわたる前に買っておいたおにぎりを食べているとき、体調が悪かったせいか、わたしはおにぎりの一部を石段の上に落としてしまった。また落とすかもしれないから食べおわったあとで掃除しようと思い、わたしはそのまま食べ続けた。

食べながら、あまりの体調不良から、今回の旅だけは自分の思いこみだったのかもしれないと思った。このときになるともう、さっき参道でみたトンビの羽根のことなどきれいさっぱり忘れていたのだ。


数分後に食べおわってあらためて石段の上をみたとき、わたしはハッとした。おにぎりのかけらを無数の蟻たちが解体して、巣穴の中へとせっせせっせと運んでいるのだった。その光景にわたしは完全に魅了されてしまった。小さな巣穴の入り口をおにぎりのかけらがとおらないことを悟った彼らは、おにぎりの解体の仕方をいっそう細かくして、巣穴を通過しやすいように工夫しだした。それでも通過しないと悟るが早いか、こんどは巣穴の入り口を削って大きくしだしたのである。

蟻たちはおにぎりの、解体役、運搬役、巣穴の拡大工事役とにわかれて作業をしていた。

完全なる分業制である。みるみるうちにわたしが落としたおにぎりのかけらは巣穴の中へと姿を消してしまった。

このときになってようやくわたしは気づいた。これだ！　と。スピリットが熱中症に罹らせてまでわたしにみせようとしたのはこの光景だったのだ、と。が、真夏に長距離を移動すると熱中症に罹ってしまうわたしを誘うには、大金をちらつかせる必要があったのである。なんたる深謀遠慮《しんぼうえんりょ》か。

これは、わたしが東京でボディーガード稼業をしていたときに、以前マル暴にいた人間から聞いた話である。ヤクザが人を篭絡するときにつかう手は二種類あるという。金と女だそうだ。どんな人間もたいていはこのどちらかに弱いそうである。

したがって彼らは対象の弱点次第で、この二種類をつかい分けるそうである。まさか神様がヤクザと同じ手をつかうとは！　さすがのわたしでも考えおよばなかったほどである（が、大金がきわめて重要な情報のことを意味していたと理解すれば、実に的確なメタファーであったことがわかる）。

それと、なんたるわたしの単純さか。まさに絵に描いたような小市民っぷりである。わたしはスピリットの用意周到さに驚いてしまったと同時に、自分の単純さに笑いがこみあげてきた。が、この単純さがなければ、浮島までわざわざ旅をして、この貴重な教えを授かることがなかったのも事実である。

別の見方もできる。熱中症になるばかりか重い腰痛にまでなったのは、ダークサイドの力がわたしを浮島へいかせまいとする妨害だった可能性もある。

波止場に着くと、わたしは待合所の中でまたへたりこんでしまった。船がくるまで一時間近くあったが、この一時間が永遠のように感じられた。待合所からみた波止場の風景は、夢でみたのと同じ風景だった。

帰りの船の中で、遠ざかる浮島を最後尾のデッキから眺めていると、年のころ六十代後半と思しき男性が話しかけてきた。浮島へくる観光客はめずらしいのだろう。わたしは包み隠さず夢のことを話した。船のエンジン音がうるさくて、なかなか意思の疎通が困難だった。

話を聞きおわった男性は驚きの表情を隠さなかった。このときわたしは気になっていたスナメリのことをふと思い出して、その男性に尋ねた。この近辺にスナメリは生息しているか、と。

「はい。スナメリだらけですよ。この辺は」と男性は即答した。やはり、この島が夢にあられた浮島で間違っていなかったことを、この瞬間わたしは確信した。

さて、この蟻たちの教えとはいかなるものか？

ネイティヴ・アメリカンの文化圏ではよく、スピリットからの重大なメッセージは往々にして些細なことの中に宿る、といった意味のことが語られる。今回の浮島で授かったメッセージはまさしくそうした種類のものだった。少なくともわたし自身はそう感じている。

それはたぶんここで、わたしの言葉には変換しないほうがいいだろう。そのままにしておいたほうがいい。なぜかと言えば、こうしたことにはわたしたち人間のコミュニケーションの仕方とはちがって、ひとつの意味だけに限定されない、奥行きの深い意味が隠されていることが多いからだ。

それでも強いて言うならば、メッセージに含まれる中心的な啓示内容は「備蓄」であり「協力」であり「地下」である、とわたしは解釈している。さらに言えば、こうした啓示を熊本市近郊の浮島神社で与えられたとしたら、わたしはその教えをきちんと受けとめていなかった可能性がある。浮島神社までいくのに苦労はいらないからだ。

それに、蟻が食べ物を運ぶ姿なんてどこの神社にもありふれた光景だからである。だが、神社の境内にはありふれた光景であるこの蟻たちの姿も、重度の熱中症に罹り、重い腰痛に罹りながら、車と船をのりついでやっとたどり着くことのできる、異郷の島の神社で目撃したとなれば、生死にかかわるほどの意味合いをもつ啓示となるのだ。

生死にかかわるほど重大な教えが「教え」として完成するには、生死にかかわるほど大変な経験をさせて、それを受けとりにこさせる必要があったのである。人生でもっとも大変だったこの旅の意味を、わたしはそのように理解した。

そしてこの「備蓄」、「協力」、「地下」という三要素は、近く訪れることになるであろう、大変動に処するための必要最小限の準備なのだ。

ここまで書いて思い出したのだが、浮島で啓示を授かったとき、神社の前の空に奇瑞《きずい》があらわれた。その画像を掲載したので、ご覧いただきたい。

そして次に、この大変動に関した白虎の啓示の話を公開することにする。この本の冒頭で少しだけ仄めかした話である。

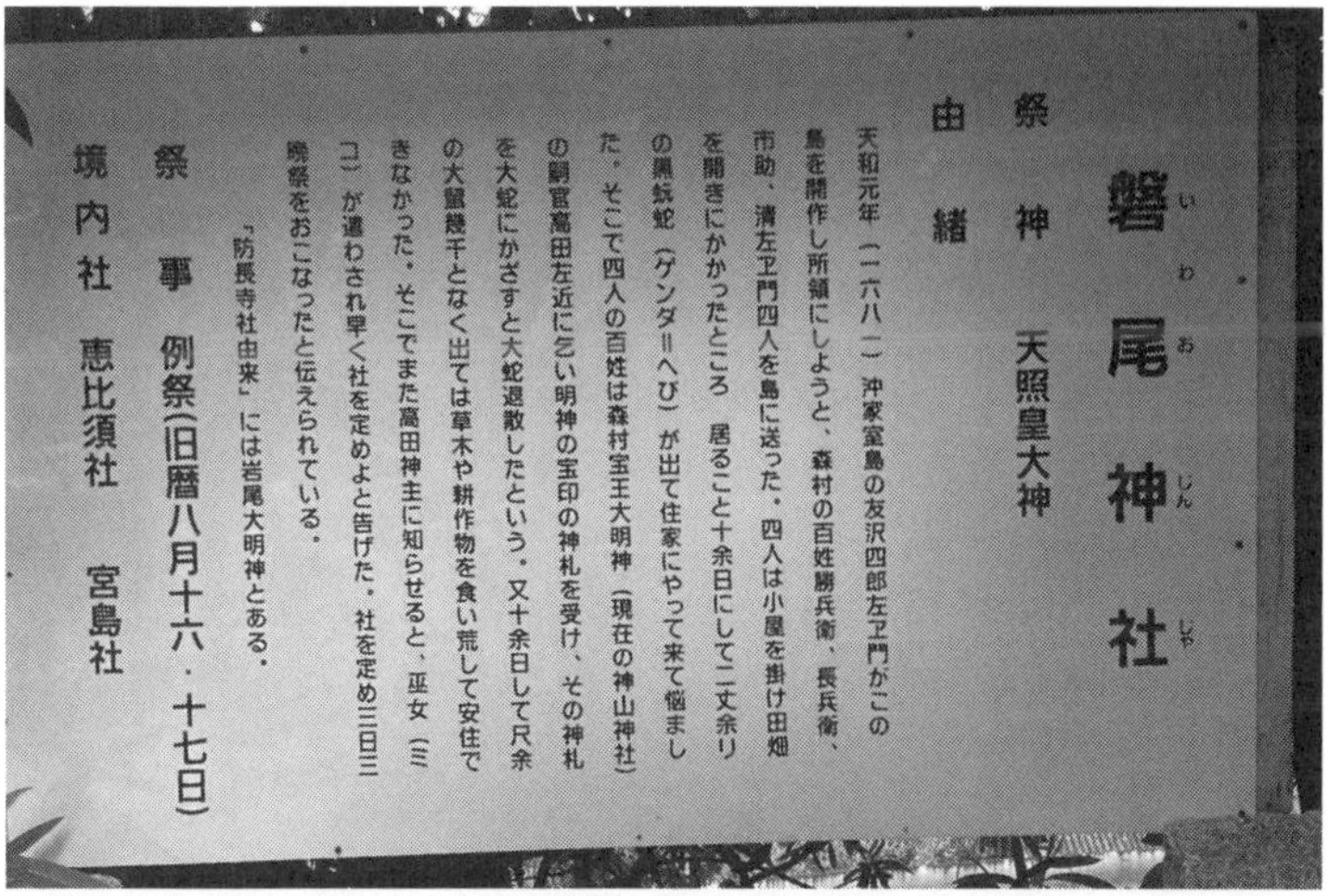

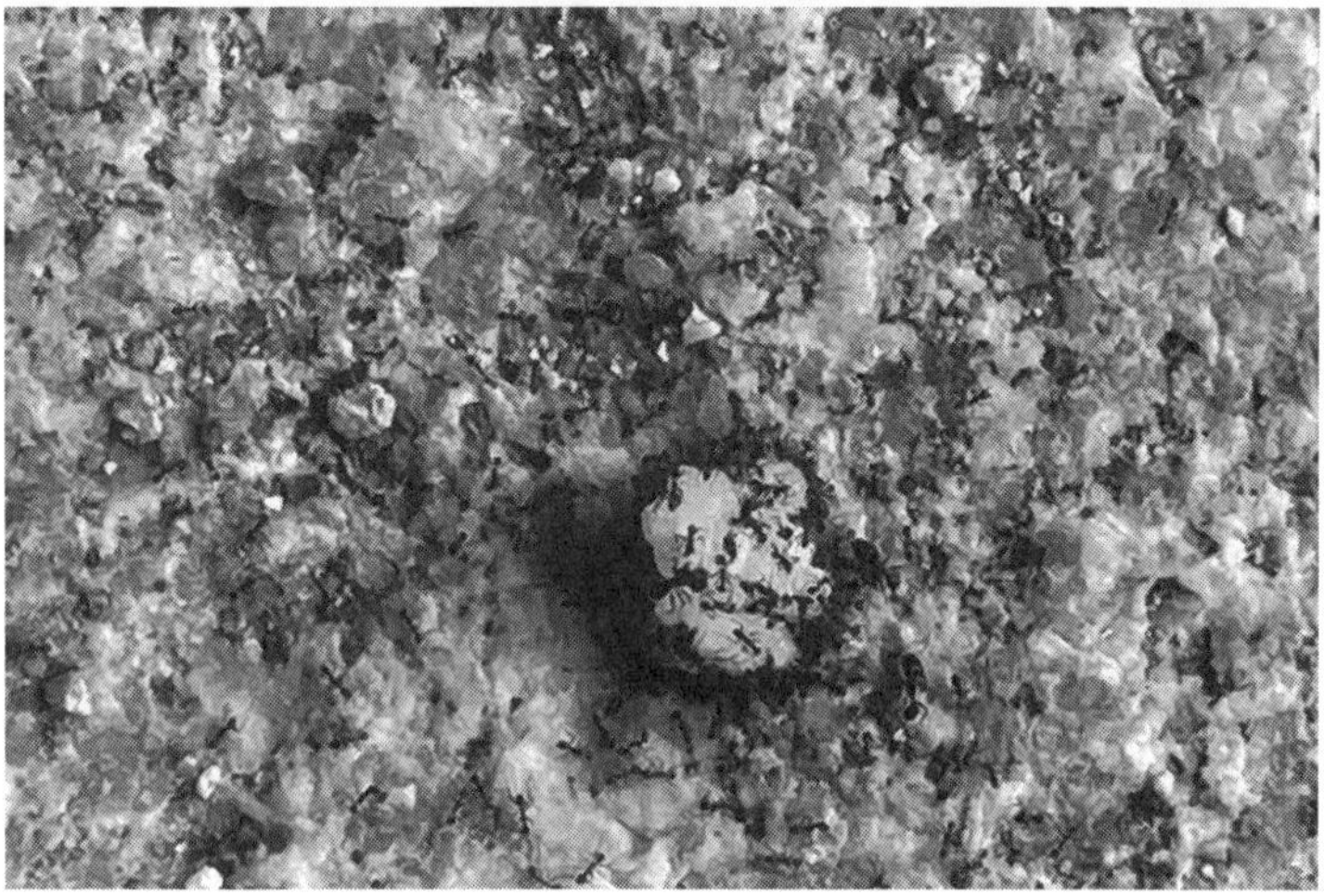

上：磐尾神社の由緒
下：磐尾神社での蟻の啓示（上下とも 2022年 7月 10日筆者撮影）

浮島の磐尾神社から見た空の奇瑞（2022年 7月 10日筆者撮影）

二十四　白虎のお告げ

二〇二〇年一月二日。わたしは家内とともに熊本市近郊にある雁回山（＊熊本市南区富合町にある山。その昔、源為朝が根城としたとの伝承がある。麓には木原不動尊がある）の奥の院に初詣にいった。初詣がおわって狭い山道を歩きながら下っているとき、前方の山を背にして垂直の虹が立っていることにわたしは気づいた。その光景に見惚れたわたしは、すぐに家内にも虹のことを伝えた。虹のある空間を指さして示したが、わたしよりもずっと視力がいい家内にはそれがみえないようだった。それでわたしは、それが、何か重大なことの予告サインだと思った。

その夢は深夜に訪れた。夢の中に白虎があらわれた。白虎とは、四神のうち西方を守護する神である。平安京がこの四神相応の地に築かれていることは有名な話である。汚れたコンクリート塀を背にして立っている白虎の姿は痩せていたが、目だけは爛々《らんらん》と輝いていた。白虎がはじめて登場したときのこのシチュエーションには深い意味が隠されているように思われるが、その分析は割愛する。

次の瞬間、わたしはどこかの建物の中にいた。そしてさっきみた白虎はいつの間にか背広をきた紳士へと変身していた。わたしにはなぜかその紳士が白虎だとわかった。

そしてその紳士の背後には、助手と思しきもうひとりの紳士が立っていた。すると、白虎の紳士のほうが滔々《とうとう》と語りはじめた。要約すると、だいたいこんな感じだった。

「人間たちが自然を破壊し続けてきたために温暖化が起こり、その結果、海面上昇がはじまった。なんてことをし続けてきたのだ、人間たちは」

他にも色々と話してくれたが、建物の外の騒音がひどくて聞きとれない言葉が多かった。紳士の話がおわったときわたしは尋ねた。もうあともどりはできないのですか、と。彼は即答した。できない、と。そして最後に白虎はこう言った。

「今年がおわりのはじまりだ」

その夢がおわる間際に、夢の中のわたしは奇妙なことをさせられた。ふたりの紳士は関取が飲む盃のような巨大な盃を左右からかかえて、わたしの前に差しだした。言われなくても意味はわかった。わたしは盃を飲み干した。なんの味もしなかった。

飲みおえて盃の中を覗くと、砂のようなものが底に残っていた。これにどんな意味があるのか、わたしにはわからない。

その約一ヶ月後、新型の疫病の出現が報じられた。そのニュースを耳にして、白虎の告げたメッセージは真実だったのだと思った。

このメッセージが示したとおり、その後世界で大きな戦争が複数勃発しているのは皆さんもご存知のとおりである。これまではある状況下において、自分という個人の人間がサバイバル的状況に立たされたことを、スピリチュアルなメッセージとの関連で話してきたが、現在世界が直面している現実を正確に表現するならば、世界そのものがサバイバル的状況へと変貌しつつあるということだ。そしてそれは、この先どんどん加速していくようにわたしには思われる。

わたしはこれまでに多くの人に出会ってきたが、残念ながら、こうした情報を自然から直接受けとっている人間にはほとんど出会ったことがない。だから、手厳しいものの言い方をすれば、そうした人間の鈍感さこそが、現在の危機に瀕した世界的状況をつくりだした原因である、とわたしは考えている。

昨今、日本人の優越性についてよくとり沙汰される風潮があるが、わたしに言わせれば、そうしたものは潜在力の話に過ぎない。わたしたち現代日本人の多くは、この世界を自分の目でみていないし、自分の耳で聞いていないし、自分の頭で考えていないのだ。だから、クマが里におりてきて人を殺傷するようになったことの、本当の意味がわからないのである。

わたしたち現代の日本人は、縄文時代には争いや暴力がほとんどなかったということの深い意味を、もっと真剣に考えるべきだと思う。これがどれほど奇跡的な事柄であるか、どれほど強調しても強調し足りないほどである。

こうした理想的な共同体を一万二千年ものあいだ保つことができた理由は、韓非子や孔子では絶対に説明できないところにあるのだ。

先にも触れたが、そのためには、わたしたち人間が宿命的に抱えこんでいるこの「わたし」という意識がどのようにして成り立っているのか、ということを知りつくす必要があるはずだ。このことをぬきにしては、わたしたちが縄文人の精神性に近づくこと、理解することは不可能であるし、そればかりか精神的には一歩たりと前進することは不可能となる、とわたしは思っている。

この宇宙で最大の秘密は「わたし」の中にあるのだ。そのことを知りぬいたときはじめて縄文への重い扉が開かれる。

二十五　巫女のお告げ

これから紹介する話は、野良猫にまつわる実に不可思議な体験談である。

猫については、わたしは思い入れが強い。その理由は、猫がわたしの精神生活を一変させてしまったからである。わたしはこれまでに出会った多くの人たちよりもはるかに大きな影響を、野良猫という小さな動物から受けてきた。

ある年の春。大地からようやく気が放たれはじめたような昼下がり、とつぜん真っ白な二匹の野良猫がわたしの小さな世界に入ってきた。二匹の野良猫は気持ちよさそうにして庭の枯れ草を敷布団にして眠っていた。

その猫たちをみたとき、なぜかわたしは「これでわたしの人生が変わるな」と思ったのをおぼえている。それまでのわたしの世界には、猫は存在していないも同然だった。子供のころの嫌な思い出が原因だった。祭で買ってもらったひよこを庭で遊ばせていたら、野良猫が走ってきて、わたしの目の前でそのひよこを咥《くわ》えて逃げ去ったことや、餌をやったわたしの指先の肉を抉《えぐ》りとったりした苦い思い出があったからだ。

ところが、わたしの仕事部屋の前に突如としてあらわれた野良猫たちは、その後毎日くるようになった。餌を勝手口の前におくと、野良猫たちはすぐに餌を食べつくした。日に日にやってくる野良猫の数がふえていった。

そんなときだった、モーモーと出会ったのは。モーモーがはじめてわたしの目に触れたとき、彼はまだ生後数ヶ月と経っていなかった。そのあどけなさはわたしの魂を支配した。世界にこんなにかわいい生き物がいることに、わたしは心底驚いた。

そのうち、モーモーという一匹の野良猫の中に、この自分とも繋がっている宇宙を感じるまでになっていった。わたしはモーモーを驚愕と神秘の眼差しで眺めた。まるでモーモーの中に銀河を発見してしまったような気持ちだった。

そうしたときである、わたしが絵を描きはじめたのは。気がつくと、わたしは人生ではじめてキャンバスを手に入れ、モーモーをキャンバスいっぱいに描いていた。

大人になってはじめて描いたこの絵には背景も何もない。宇宙のような暗闇を背景に、モーモーだけを描いていた。今思えば、このとき画用紙ではなくてキャンバスでなければならない、と無意識のうちに考えていたところが面白い。

そんなある晩のことである。わたしは実に奇妙な夢をみた。

夢の中のわたしはある神社の境内にいた。朱に塗られた神社の楼門には、この世のものとは思えない巨大な怪鳥が何羽もとまっていた。ふと前をみると、いつの間にか巫女さんが立っていた。白衣に緋袴《ひばかま》の正式な衣装を身につけていたが、共襟《ともえり》が少しだけはだけていたのが目についた。

妖艶な雰囲気ではあるが、その目には霊的感受性の強さがうかがえた。わたしが面食らっていると、巫女さんが口を開いた。

「猫があなたを月へ連れていってくれます」

この言葉を聞いた瞬間、目が覚めた。そのなぞなぞのような言葉の意味についてわたしは考えた。そのままだと意味をなさないので、おそらく「月」が何かのメタファーであろうと考えたわたしは仏教の隠喩表現を調べてみた。するとすぐにそれが菩提心、慈悲心、悟りなどの意味だと判明した。

その後、わたしの毎日は日をおうごとに、野良猫の世界に侵食されていった。そんな日々を送っていたわたしは、自分の中のある変化に気づいた。それは自分の中の深いところがゆるやかに変容しつつあるという感じであった。変化はゆるやかであったが、何か決定的な変化が起きている感触があった。生きとし生けるものにたいする慈悲心が沸々と湧きおこってきている実感があった。

それは野良猫にたいしてだけむけられたものではなく、あらゆる生き物におよんでいる感覚だった。野良猫をとおして実現されたこの意識的変容は、野狐禅で硬直化していたわたしの意識に風穴をあけてくれた。小乗的であったわたしの瞑想生活に大乗仏教の種子を蒔かれたかのような印象だった。

そう思ったとき、夢でわたしに予言めいたお告げをしてくれた、あの巫女さんの語った言葉は真実だったのだと気づいた。

これは、環境の変化が精神的成長を促すことがあるということの実例である。

それから二年が経過したころ、わたしは新たに「トンレン」という瞑想をはじめた。いつもおこなっているの座禅だけでもよかったのだが、さらにその上にトンレンを加えた理由は、野良猫の世界に侵食されることによって生じてきた慈悲心を、もっと成長させて盤石なものにしようと思ったからだった。

このトンレンという瞑想は数ある瞑想の中でも、非常に強力なパワーを秘めた瞑想と言われている。端的にいうと、他者の苦しみを自分がひき受け、自分の幸福を他者に差しだすという瞑想である。実際にトンレンをおこなう際には、観想と呼吸の両方をつかう。

正式な方法はソギャル・リンポチェ著『チベットの生と死の書』（講談社）の中に詳しく書いてあるので、そちらをご覧いただきたい。

このトンレンを毎日の日課に加えて四年が経とうとするころ、こんなことがあった。

あるよく晴れた日、わたしは家内とともに熊本市近郊にあるコストコにいった。買い物がすんだあと、わたしたちは店内のドリンク・バーの片隅にあるテーブルでスムージーを飲んでいた。

そのとき、わたしから少し離れた前方のテーブルに（家内の背中がむいている側）ひとりの男が腰かけた。四十代後半にみえたが、かなり肥満気味の男だった。ひとりだったせいかわからないが、髪の毛もぐちゃぐちゃだった。男のトレーにはハンバーガーがひとつと、飲み物だけがのっていた。

わたしはなぜかこの男のことが気になった。スムージーを飲みながらそれとなく眺めていると、男はよほど空腹だったのか、慌ただしくハンバーガーの包み紙をひろげるのが見えた。

そして、包み紙の半分がひらいたとき、男は「ガブッ」という音が聞こえてきそうな勢いでハンバーガーにかぶりついた。男がかぶりついた面積は全体の三分の一ほどもあった。かぶりついた瞬間、男の表情に落ち着きがとりもどされた。


このときだった。空腹でたまらない心理からはじまって、ハンバーガーにかぶりついた瞬間に空腹感から解き放たれ、満たされた心境へと落ち着いた男の心の状態を、まるで自分のことのように感じていたと自覚したのは。男が飲みこんだ最初のひと切れが彼の喉もとを通過したとき、わたしの心の中にも喜びの感情がパッとひろがった。男の心はわたし自身の心でもあったのだ。

男の空腹が満たされたその瞬間、わたしの心も同時に満たされたことを、今でもよくおぼえている。このことからも、トンレンという瞑想が、自と他をへだてる二元性を消滅させる絶大な力をもっていることが実感できた。

そしてわたしの中に広大な慈悲心の種を蒔いてくれたのは、他でもない野良猫たちであったのだ。今になって考えると、もしかしたら、あの巫女によって野良猫たちはわたしの世界に送りこまれてきたのかもしれない。そう思ってはいけない理由があるだろうか？

野良猫にまつわる、このような体験があってはじめてわたしは、古代エジプト人が猫を神聖視していた理由がわかったような気がした。そして自らアーティストでもあるわたしからみると、偉大な芸術家や作家がことごとく猫好きであったという事実の裏に隠された秘密をも知ってしまったように感じた。猫には、人間を開く力があるように思えるのはわたしだけだろうか？

二十六　三笠宮殿下が夢枕に

わたしが霊夢の中で見聞したものの中には、とうてい人には話せない内容のものも少なからずある。思わせぶりなことを言うつもりはないが、各国の諜報機関でも絶対に知り得ないような機密情報や歴史の秘密を授かることもある。

そうした霊夢の内容は、当然のことながら本書にも書いていない。もしそうした内容を公開すれば、相当な問題になると思われるものも多いからである。わたし自身が歴史や人間の真実というものに人一倍関心をもって生きてきたことも、そうした霊夢を見させられる理由のひとつなのかもしれない。

この霊夢に関しても、この本を書きはじめた当初は公表していいものかどうか迷った（この本を執筆するにあたって最も苦労したことは、数ある霊夢や非日常的体験の中から、どの話を書くかという選択だった）。が、人の死というものが一般的に言われているように、亡くなった瞬間から物質として分解されていくだけのものではないという証拠になると思い、あえて公開することにきめた。

二〇一六年の十月二十五日。この夜遅く不思議なことを経験した。日付はもう二十六日にきり替わっていた。夢の中に、昭和天皇の実弟である三笠宮崇仁親王殿下があらわれたのだ。厳密に言えば、三笠宮殿下がわたしの夢にあらわれたのはこの日を含めて二回ある。

前回ご出現されたのはこの日より半年ほど前だった（その年の霊夢日記のデータがすべて失われたため、正確な日付がわからなくなってしまった）。夢の中のわたしは、ある大きな建物の中にいた。すると、前方にひとりの男性があらわれた。薄暗がりからあらわれた男性は背が高かった（ようにわたしには見えた）。

高齢のその男性はわたしの知らない人物だったが、わたしに何かの用があるようだった。それで、夢の中のわたしは彼に名前を訊いた。すると彼は「三笠宮です」とだけお答えになった。それが前回、はじめて三笠宮殿下が夢にあらわれたときの様子である。

そのときも三笠宮殿下がわたしの夢にあらわれた理由はわからなかったが、何か特別な事情でそうされたという印象は受けた。特別な事情でもなければ、お互いになんの面識もないわたしの夢の中にあらわれるようなことはないであろう。


いつもの疑問「なぜ、わたしに？」がここでも湧いてきた。前回は少しだけ会話を交わしたが、今回は三笠宮殿下が一方的に挨拶をしにいらっしゃったという印象だった。が、ひとつ奇妙に感じる点があった。

それは何かというと、三笠宮殿下の魂が女性のものとして感じられたのだ。この印象はとても強く感じられた。そう感じた瞬間、わたしには彼が旅立たれるのだな、ということがわかった。現在の肉体をおいて旅立つから、もともとの魂へともどられたのだなとも思った。

時計をみると、深夜の二時ごろだった。三笠宮殿下が旅立つ前に挨拶をしにいらっしゃったと確信したわたしは家内をゆすり起こして言った。

「たった今、三笠宮殿下が夢枕に立った。そう。皇族の。数日内に亡くなると思うから、ニュースを見ておいてくれ」

失礼な表現になるかもしれないが、それがこの夜、家内とのあいだで交わした会話のありのままの内容である。わたしのそうした体験に慣れていた家内は二、三質問をしただけですぐに理解してくれた。

そして翌日の十月二七日、午前八時三十四分。病院で三笠宮様が薨去《こうきょ》されたことがニュースで報道された。はじめて三笠宮殿下が夢にあらわれた日まで、わたしは三笠宮殿下のお顔も拝見したことはなかった。もちろんその経歴や生涯に関しても何も知らなかった。知ったのは、こうしたことを経験したあとである。

が、なぜ、わたしのもとにいらっしゃったのか？　それは永遠の謎である。わたしなりに色々とその理由を推測することはできるが、それをここに書くことはさすがに割愛したい。わたしの推測が正しいかどうかわかるのは、おそらくわたし自身が旅立つときをおいて他にはなかろうと思う。

二十七　リーゼンフーバー先生の逝去

人の死に関して、もうひとつ話を紹介したい。

クラウス・リーゼンフーバー先生という人物についてである。彼はドイツ人のイエズス会神父にして大学の先生だった。上智大学の教授であったが、キリスト教概論という内容の授業を、当時わたしが通っていた慶應大学でも教えていた。

神父にして哲学の教授という他、（思いきって言わせていただくが）彼は本物のキリスト教神秘主義者でもあった。一体どれくらいの人がそのことを知っているだろうか。彼の書いた『超越体験』（自費出版）を通読したという貴重な体験の持ち主ならば知っているはずである。

ヘーゲル（＊ドイツ観念論を代表するドイツの哲学者、思想家。主著に『精神現象学』『論理学』）やハイデガー（＊ドイツの哲学者。主著に大作『存在と時間』。ハイデガーの影響を受けた人物はあまりにも多い）の難解な哲学を、日本語の哲学用語を縦横無尽に駆使して解説する先生の授業をはじめて聴講したとき、わたしは先生の天才に圧倒されたのを今でも鮮明におぼえている。ハイデガーの『存在と時間』（岩波文庫）の上巻のみを精読したことしかなかったわたしには、その内容を完全に理解できていたという確信はなかったが、先生が生粋の天才であるということは感じることができた。

あのとき、あの教室で、先生が天才だと感じとることができなかった学生がいるなど、わたしにはとうてい想像できない。とにかくその語り口といい、講義の進め方といい、体験のない、知識だけを詰めこんできただけの学者にはとうていまねのできない内容だった。

彼の中から言葉が自然と紡ぎだされてくるその様子は音楽的ですらあった。もしご本人が自らの神秘体験を否定したとしても、そんなことは誰も信じないというほどの本物感があった。


ある日の授業でのこと、先生はめずらしく教室のうしろのほうまで巡回しにこられた。うしろのほうの席に座っていたわたしはふと、先生が教壇のほうへ帰られるそのうしろ姿に惹き寄せられた。何かに違和感を感じたのだった。

すると、先生の灰色の背広の生地の一部がほつれていることに気づいた。わたしの記憶では、優に五センチくらいはほつれていたと思う。それを知ってか知らずにか、その後も先生の背広はずっとほつれたままで、布地から糸が垂れていた。

わたし以外にもそのことに気づいていた人間はいたと思う。が、先生の偉容《いよう》がそれを阻んでいたのではなかろうか。聖者の衣がほつれていたとして、誰がそのことを本人に指摘できようか？

砂漠の師父たち（＊四、五世紀ごろ、社会の喧騒を離れてナイル川に近い砂漠で隠棲生活を送り、ひたすら霊的修行に没頭した修道者たち。K・リーゼンフーバー著『内なる生命』（聖母文庫）には彼らの修行生活に関しての論考が詳述されている）が残した教えの只中を生きていたような先生にとって、衣のほつれはなんの意味もなさなかったのではないか。先生の姿や生き方は、まるでマイスター・エックハルト（＊中世ドイツのキリスト教神学者、神秘主義者）の生まれ変わりのようにわたしには映った。

そして忘れもしないあの日。夕暮れどきの三田校舎をあとにして、校門前で信号が変わるのをひとりで待っていると、そこにちょうど先生がいらっしゃった。キリスト教神秘主義などまだ知らなかったころの出来事である。

先生の身長はおそらく百九十センチくらいはあったと思う。その先生が真横に立つと、自然とわたしは先生の顔を見あげなければならなかった。先生はさも重要なことでも告げるかのようにして、厳かな小声でわたしに言った。

「神秘体験がないといけません。マイスター・エックハルトを読んでみて下さい」

このとき、信号が青に変わった。わたしは「エックハルトですね。読んでみます」と答えた。この言葉の前後にも会話を交わしたと思うのだが、わたしが記憶しているのはこの言葉だけである。

それから社会人になって、いちどだけ先生に再会したことがある。上智大学でおこなわれたクリスマス・パーティーに参加したときのことだ。この日、先生はサンタクロースの格好をしていらっしゃった。そして、ひとりの女性がピアノを演奏するのを、耳に手を当ててじっと聴いていらっしゃった。それが先生をみた最後となってしまった。

東京から帰郷してからも数回、先生に年賀状やハガキをださせていただいたことがあった。けっして毎年ださせていただいたわけではなかった。が、先生はそんないい加減なわたしの便りにたいしても必ず直筆で返事を下さった。

が、ある年のあたりから先生の直筆の字が激しく歪むようになった。

そして、二〇二一年の夏にわたしが予定していた絵の個展のご案内を送付させていただいてから、先生から返信がこなくなった。それでわたしは先生の容態が思わしくないのだろうと思った。

絵の個展の案内を送付した理由はもちろん、個展へのお誘いをするためではない。わたしはそこまで身の程知らずな人間ではない。当時わたしがどのような体験に基づいてアートを創作しているのか、ということをこの聖者のごとき先生にだけは知っていただきたかったからである。

二〇二一年十月十日、午前三時二十分。はじめてリーゼンフーバー先生がわたしの夢にあらわれた。夢の中で先生は誰かと結婚なさったようだった。わたしは先生がもっていた褌《ふんどし》をもらい、それをはいた。そのことでわたしは先生の親戚となった。その嬉しさでわたしは泣いた。

この夢の内容には霊的な意味がある（世俗的にとらえると、まるで意味をなさない）ように思われるが、その解釈は割愛する。

次の瞬間、数十人いる集団が円陣をつくっていた。その前で、わたしが代表となり「よー」と言って「ちゃ、ちゃ、ちゃ」と音頭をとって拍手をした。なかなか皆の呼吸が合わずに三度もやり直した。

夢から覚めると、わたしは思った。リーゼンフーバー先生は神父様だ。神のごとき神父様が結婚するとなると、その相手は神様しかいない。

そして、約ひと月の歳月が流れ、二〇二一年十一月一五日。夢にふたたびリーゼンフーバー先生があらわれた。夢の中で、先生と永遠の別れとなることを悟ったわたしは皆の前でわんわんと泣いた。

年末になり、わたしはこれが最後になると確信しつつ、先生に年賀状をだした。しばらく経ってから「あて所に尋ねあたりません（麹町）」という古風な表現のハンコが押されて、年賀状は返ってきた。それで先生がすでに入院生活をなさっていることを知った。退院するあてのない入院生活を。

翌年（二〇二二年）、三月三十一日。八十三歳で先生は他界された。肺炎だったと聞く。わたしは三十年以上前、夕暮れせまる三田校舎の前で信号待ちをしていたときに、先生と交わした会話のことを思い出していた。わたしたちの会話が時々、車のクラクションやバスのエンジン音に掻き消されたことも思い出した。

あのとき先生の着ていらっしゃった服は、あのうしろがほつれた背広だった。わたしはコートの襟を立てていたから、もう寒い時期だったのだろう。わたしは「先生の背広は結局、永遠にほつれたままなのだ」と思った。

今わたしの机の上には、生前の先生が書いた『超越体験』と『内なる生命』という二冊の本がある。二回読んだだけでその後ずっと書棚の中に放置していたが、これから本気で読もうと思っている。このように、精神的な絆さえあればスピリチュアルな方法でのコミュニケーションが可能となることが、ときとしてある。

二十八　「ナーカル」とその声は言った

いつものことながら、「なぜ、これをわたしに見せたのか？」という疑問は、霊夢においてはつきものである。この霊夢に関してもその最たるものだと言える。

二〇二一年の六月一八日。二度寝をして起きたときに「ナーカル」という言葉がエコーするかのように意識に残っていた。まったく聞いたことのない言葉だった。どこかオリエンタルな響きを感じさせるこの音に興味をもったわたしは、それがスピリットからのメッセージだと確信しつつ、早速パソコンで調べてみた。

結果はすぐに判明した。「ナーカル文書」(Naacal Tablets) とよばれる太古の石板だということがわかった。ムー大陸の存在を世間にひろめたジェームズ・チャーチワード (*ムー大陸についての本を書いたイギリス人作家。アメリカで活動) がムー大陸の存在を知ったその根拠としてあげたのが、このナーカル文書だった。

彼は一八六八年ごろに (彼の主張によると、イギリス陸軍在籍時)、ヒンドゥー教寺院の高僧からこの石板をみせてもらったという。その石板に、ムー大陸のことが書いてあったらしいが、メキシコからも同様のことが書かれた粘土板が発見されているそうだ。

が、のちに彼がイギリス陸軍大佐であったという経歴が疑われたり、ナーカル文書の存在そのものが疑われたりしたことから、彼の言説のすべてが眉唾ものとされるにいたった。

わたしが知らない知識をスピリットから授かることは時折あることだが、今回ナーカルという言葉を知らされたことの背景には、ナーカル文書の存在自体が疑われているという事実があったからではないか。だからこそ、それをわたしに教えたのではなかろうか。

そもそもチャーチワードには、そうした失われた大陸の存在をでっちあげる動機がない。金儲けのためや、有名になりたいために話をつくったのではないかと主張する人もいるが、金儲けのためならば、もっと一般的なやり方を考えるだろうとわたしは思う。

いずれにしても、経歴詐称の疑いがあるからといって、その言説のすべてが嘘にちがいないという図式はあまりにも単純過ぎやしないだろうか。

ムー大陸が存在したという科学的根拠がないとされているが、わたしの考えではわたしたちの住むこの地球は、現在の科学では捕捉できないほど複雑で多次元的存在なのだ。科学的にあり得ないとされていたＵＦＯの存在に関しても、アメリカの国防総省が認めたではないか。だから、わたしはムー大陸の存在を信じている。

二十九　「マーティン・スコセッシ」とその声は言った

ある朝、目覚める直前に、頭の中に「マーティン・スコセッシ」という謎の言葉が響いてきた。わたしの知らない言葉だった。何語なのかさえわからなかった。

目覚めると、すぐにパソコンでその言葉を検索してみた。すると、イタリア系アメリカ人の映画監督だということがすぐにわかった。しかも、わたしはその監督の作品を、過去に何作も観ていた。『タクシー・ドライバー』に『グッド・フェローズ』に『アビエイター』といった具合だ。
過去に観た彼の作品から受けた印象は、暴力がたくさん登場する映画だということだった。学生時に鑑賞した『グッド・フェローズ』にいたっては、映画を観たことを後悔しながら映画館をあとにしたことをおぼえていたくらいだった。

が、当然のことながら、霊夢で教えられたことには特別な意味がある。わたしはその真意を測りかねた。それでも調べていくうちに、もしかしたら『最後の誘惑』というキリストの生涯を描いた映画を観れば、何かわかるかもしれないと思った。

早速わたしは『最後の誘惑』のビデオを借りてきて観た。すると、映画の中ほどでとても興味深いシーンがでてきた。キリストが荒れ野で行をおこなう場面である。彼は自分が行をおこなう場所の地面に、グルッと棒切れで円を描いたのである。

それをみた瞬間、それがアメリカ先住民のヴィジョン・クエスト（＊人里離れた森の中でひとりで飲まず食わずの数日間を過ごし、未来に繋がるヴィジョンを得るという古来からアメリカ先住民の伝統となっている成人の儀式）のやり方と同じだと気づいたのだった。こうすることで、行をおこなう者はヴィジョン・クエストがおわるまで守られるのだ。

どうしてそのことをスピリットがわざわざ教えたかといえば、当時のわたしはヴィジョン・クエストをおこなう適切な場所をずっと探していたからである。が、当時の自分は本当に不忠実であった。結局、こうした事柄を教えてもらいながらも、ヴィジョン・クエストを果たさなかったからである。

このように、スピリットは夢をとおして、今自分にもっとも必要な情報を、ここぞというタイミングを見計らって伝えてくることがあるのだ。（自戒の念も含めて）そういう情報を授かった際には、必ずそれを生かすようにしなければならない。そうすることでスピリットとの絆は深まっていく。

三十　ニニギノミコトが夢枕に

ある晩のこと、天孫降臨で有名なニニギノミコトが夢にあらわれた。興味深いことに、ニニギノミコトは甲冑姿で稲作の指導をおこなっていた。ニニギノミコトと稲作とに深いかかわりがあることは日本書紀にも記述されている。しかし、甲冑姿であらわれたところが妙にリアルを感じさせた。

よく知られていることだが、古代の天皇の系譜は戦いとともにあった。なかでも日本書紀に登場する熊襲（＊古代、九州南部に住んでいたとされる勇猛な人々）討伐の記述は詳細であるばかりか、何世代にもわたって続けられたことが明かされている。最後には神様から、痩せた土地に住んでいる熊襲を攻めても益はないぞ、と嗜《たしな》められたほどである。

ニニギノミコトがご活動なさっていた場所は、そうした熊襲などが群雄割拠《ぐんゆうかっきょ》していた地域に他ならない（熊襲と名付けられた人たちよりも前から、そこには熊襲の先祖が住んでいた）。そう考えると、ニニギノミコトが甲冑姿であらわれたのも頷ける。

以前からわたしはこの熊襲と名付けられた南九州の先祖にたいして強い関心があった。天皇家が三代にわたって攻めあぐねた勇猛な部族とは、一体どのような生活をしていたのだろうか。どのような宗教をもっていたのだろうか。残念ながら、彼らのすべては歴史の闇の中へと消えてしまった。

戦いの神様であるアメノオシホミミ（＊アマテラスの子で、ニニギノミコトの父）ですら下界は野蛮なところであると言って、おりることを拒んだ世界である。

そこに天下ったのがアメノオシホミミの息子のニニギノミコトである。もともと勇猛な性格であったのかもしれない。古史古伝の中には、神武以前の皇統を途方もなく昔のことと記述しているものがある。それにしたがえば、天孫降臨があったのは縄文時代よりもはるか昔のこととなる。そうでなければ弥生時代以降のことと思われる。

余談だが、天孫降臨の地を本州や四国であると唱える説があるが、そうすると、皇統はその後九州へ移動して、それから東征をおこなったという奇妙な話になる。そうでなければ、これほど神武天皇以前の皇統の事績が九州にだけ集中している理由の説明がつかない。そのことを考えると、やはり天孫降臨は九州に起こったことだと考えるほうが自然である。

生物・非生物からのメッセージ

三十一　ドングリの精霊の教え

縄文人が好んでよく食べていた、ドングリにまつわる不思議な話を紹介したい。

ある春の日のこと、わたしは裏山の万日山《まんにちやま》（＊熊本駅の北西に位置する小高い丘。戦前、曹洞宗の僧であった澤木興道の寓居があった）にのぼった。登山道にはドングリがたくさん落ちていた。そのままだと人に踏まれてしまうと思ったわたしはドングリを靴でおしやって、登山道の脇にある茂みの中へと落とした。茂みの中ならば芽をだすだろうと思ったのだ。これを何回もやったあとで、わたしは急にドングリを自宅で育ててみたくなり、やめておけばいいものを、三十個のドングリを拾ってポケットに入れて帰った。

その晩遅くのことである。実に不思議な夢をみた。夢の中のわたしは万日山の登山道に寝そべっていた。暗かったので、そこで一夜をあかそうとしていたのだろう。なぜかわたしの足の先には、いつも自分がつかっている小さな鏡がおかれていた（霊夢の中に登場する些細な点はいつもわたしを楽しませてくれる）。

ふとある気配に気づいて登山道の奥をみると、真っ黒な人影が立っている。よくみるとその人影はふたりで、彼らは親子のようにみえた。実際に、大きな人影と小さな人影は手を繋いでいた。

と、次の瞬間、そのふたりの人影はこちらのほうへむかって猛然と駆けだした。わたしの前をふたりの人影が通過しようとしたとき、わたしは思った。鏡につまずかなければいいけど、と。そんなこちらの心配を一蹴するかのようにして、ふたりの人影は鏡の上をポーンと飛びこえて疾走していった。鏡のことなど先刻承知のようであった。

夢の中のわたしがその意味を測りかねていると、ふたたび登山道の奥に人影があらわれた。さっき親子の人影がいたのと同じ場所だった。しかし、こんどはその人数が多かった。ざっくり数えただけでも三十人くらいはいるようにみえた。

そして次の瞬間、親子の人影と同様に、三十人の人影もわたしの前を疾風のごとく駆けぬけていった。今「疾風のごとく」という手垢まみれの言葉をつかったが、実際にわたしには疾風のように感じられたのだから仕方がない。このとき不思議と恐怖心はまったく感じなかった。

目が覚めたときに感じたことは、その人影は昨日の昼間に拾ったドングリの精霊にちがいないということだった。人影の人数も拾ったドングリの数とピッタリだった。

彼らが発したメッセージをわたしなりに超翻訳してみると、だいたいこんなことのように思える。

昼間、わたくしどもドングリ一族の多くの命を助けてくれてかたじけない。まずは深々とお礼を述べたくて参上つかまつった次第にございます。

が、お礼を述べる手前、まことに申しあげにくいことがひとつございます。三十名のはらからどもを、どうかおもどしいただきたいのでございます。

翌朝すぐにわたしは、もちかえった三十個のドングリを山に返しにいった。この霊夢をみて以来、植物も人間と同じとまでは言わないにしても、それに近い意識があるのだと思うようになった。そして時折この霊夢をみたときのことを思い出すたびに、なんとも可愛らしいというか、愛おしいというか、そうした感情がこみあげてくるのだ。

一見恐ろしくもみえる、暗闇に浮かぶ人影がわたしの前を猛然と疾走していった裏には、彼らのこんな意志がみえ隠れしないだろうか？　ひとつは、めずらしい人間もいたものだ、友達にならないかという感情である。そしてもうひとつは、もちかえった一族のものを返さないと大変な目に遭わせてやるぞ、というちょっとした脅しのような感情である。縄文人たちは、こうした植物とのコミュニケーションを日常的におこなっていたのではないか、という気がする。

最近の研究では、植物には自らだけでなく、周囲の植物をも守ろうとする意志が存在することがわかっている。これまでは、周囲の植物を枯らしてまでも自分だけ成長しようとするのが植物だと思われてきた。ところが、現実はその反対だそうである。

つまり、植物には一族を守ろうとする利他の意識が存在するということが判明している。もしかしたら一族単位でサバイバルしなければ、その先自分たちが繁栄できないとわかっているのかもしれない。

少なくともドングリたちには、わたしたち現代人に顕著な「自分さえよければいい」といった自分本位な思考はないということがわかる。

だから本当の意味のサバイバルとは共存共栄ということなのだ。自利と利他が不可分であると理解したとき、そこにはもはや争いはない。

三十二　世にも不思議な鯨の物語

「三十七　軍艦隼鷹」の話の中でも少し触れるが、これは鯨に関する不思議な体験談である。

二〇二〇年十二月、とても奇妙な夢をみた。夢の中に一頭の鯨があらわれた。その鯨は弱々しく海岸に寄りかかるようにして波間にたゆたっていた。鯨の浮かぶ海辺の脇には、白い木製の柵に囲まれた木造の一軒家がみえた。白壁で洋風のきれいな家だった。

しばらくみていると、家の中からひとりの女性があらわれた。女性は音楽家の鬼束ちひろさんだった。それでわたしはそこが宮崎県であると悟った。

これまでの経験から、霊夢というものがあるメッセージを発するときには、その意味を明確にするためのヒントをだすということをわたしは知っていた。

いつものように朝方にこの霊夢をみた直後、わたしは目覚めた。そしてすぐに鯨が宮崎県のどこかに漂着していないか調べた。結果はすぐに判明した。宮崎県新富町の富田浜という海岸にマッコウクジラが一頭打ちあげられたという記事が、二〇二〇年十二月七日の宮崎日日新聞に掲載されていた。これだと直観したわたしはすぐにこの鯨を弔うべく、題目を唱えて回向《えこう》（＊自分の蓄積した功徳を他の生き物に捧げ、悟りへの助けとすること）をした。

年があけた二〇二一年一月二十一日。夢にあらわれた鯨が亡くなって四十九日が近づいてきた晩のこと、久しぶりに夢に愛猫モーモーがあらわれた。しかも二回も。

これは何かのサインだと思ったわたしはその朝、自分の心にいつもよりも注意をむけていた。なんとなくではあったが、裏山にのぼりたい衝動に駆られたわたしはその衝動にしたがった。

山道をのぼって頂上に着くと、手すりに体をあずけて呼吸を整えた。すると一羽の小鳥が飛んできて、右手の甲にとまった。わたしがそれに気づくと、小鳥はどこかに飛んでいってしまった。

それまでにわたしは何十回もその場にきたことがあったが、小鳥がそんなことをしたのははじめてだった。わたしの知るかぎり、用心深い小鳥がそうしたふるまいをするのは、毎回その場で餌を与えてくれる人間にたいしてだけである。

妙なこともあるものだと思っていると、またさっきの小鳥がもどってきてふたたび手の甲にとまった。それでようやくわたしは気づいた。小鳥が何かを知らせようとしているな、と。わたしは小鳥がきた空を見あげた。すると、そこには鯨が浮かんでいたのである！　だからわたしは、あの日、夢の中にあらわれた鯨が供養を求めていたのは本当のことだったのだと確信した。

後日、二百キロの道のりを運転して、あの鯨が旅立ったはずの富田浜までいった。そして青空の下で、鯨のためにもういちど供養をおこなった。が、話はこれでおわらない。

あの鯨が夢にあらわれてから約三年後の二〇二三年、十一月十二日。

数日前から風邪をひいていたわたしはふと、塩湯に浸かりたくなった。それで水俣の湯の児温泉（＊四世紀ごろ景行天皇によって発見されたとの伝承をもつ、風光明媚な海沿いの温泉地）にいった。大浴場で体をじゅうぶんに温めたあと、わたしは外にでて展望露天風呂へいった。外気がひんやりとしていたので、そそくさと湯船に入った。コンクリートの上に濡れタオルをおくと、わたしはそこに頭をのせて体を湯船に浮かせた。

眼前にひろがるのは紺碧の海。そしてその上にはトンビが滑空する青空。すべてが整い過ぎていると思えるほど完璧だった。わたしたち小市民にとって、こうしたタイミングに遭遇することは非常にまれである。わたしはこの世のことなどすべて忘れた。心は青空となり、青空がわたしの心となった。

瞑想を中断したのは雲だった。いつの間にかひと塊の雲が前方にあらわれた。そして驚いたことに、この雲がみるみるうちにわたしのほうへと接近してきたのである。他の雲は動いていなかった。雲はどんどんわたしとのあいだの距離を詰めてきた。

ここまでくると、さすがにそれは異様な雲に映った。ところが、このあともっと異様な事態に直面することになった。


わたしの前方へと近づいてきたその雲は、徐々に鯨の姿へと変わっていったのである！ああ、またあの鯨に会えたとわたしが認識したとたんに、鯨の雲はちりぢりとなって青空へと溶解してしまった。

翌日、十年以上も患っていた首の痛みがなくなっていることに気づいた。それでわたしは再度あの鯨と会えたことを確信した。

お伊勢参りをしたという民話まで複数存在するこの巨大な生物である。わたしたちは鯨というものの存在をまだ何も知り得ていないのではなかろうか。非日常的体験が日常化している日々を送っているとは言え、この亡くなった鯨との再三にわたる交流はものすごい奇跡ではないかと思う。心とよばれているものの計り知れない潜在力に、あらためて驚愕させられるのだ。

だから、孤独を悲観している人がいたらぜひこの話を思い出してほしい。生命は皆繋がっているのだ（完全な悟りを開けば、また異なる次元での、生命の繋がりを実感できよう）。わたしたちは、真の意味で孤独になるということはない。

上：万日山に現れた鯨の雲（筆者撮影）
下：鯨が旅立った富田浜（筆者撮影）

三十三　一期一会の亀

鯨の不思議な話をしたところで、次は一匹の亀の話を紹介したい。

二〇二三年八月十六日。その晩、不思議な夢をみた。夢の中に一匹の亀があらわれた。その亀のいる場所は丘の上だった。

丘の上から下を眺めると、はるか下のほうに小川が流れていて、周囲には畑や野原、そしてところどころに民家や木立もみえた。そしてそれらの背後にはうっすらと山々が聳えていた。

夢の中のわたしは、なんて美しい場所なのだろうと思った。そしてその亀と別れようとしたその瞬間、まさに電撃が走るようにしてある感覚が心の底から湧きあがってきた。


今自分の目の前にいるこの亀はここにくるまで、なんて遠い道のりを経てきたのだろう。それまでにどんな苦労をしてきたことかわたしには想像することもできない。そうした患難辛苦を耐え忍んで、こうして今、この亀とわたしはこの地で奇跡的に出会ったのだ、と。

この亀にとってその地が安息の地になることも、夢をとおしてヴァイブレーションのようにわたしの心に伝わってきた。こうした感情や理解が一瞬のあいだに意識の中を駆け巡ったとき、わたしは感動のあまり夢の中で泣いていた。だからわたしは夢の中でふたたび亀にむきあい、なんどもありがとうと呟いた。

これまでに霊夢の中で様々な出会いを経験してきたが、この夢はその中でも特に現実のことのように感じられた特別な霊夢であった。目が覚めてもまだ、わたしには今しがた経験した感動の余韻が残っていた。

その夢から四日後の八月二十一日。わたしは南阿蘇へとドライブした。その途中でとつぜんトイレにいきたくなった。が、その近くにコンビニはなかった。それで仕方なくいく予定のなかった商業施設の一画に車を入れた。

車からおりたわたしはびっくり仰天した。駐車場の目の前の柵の中に、先日夢にでてきた亀がいたのだ。それはリクガメだった。なぜそれが同じ亀だとわかったかと言えば、その場から見下ろした風景が夢でみた風景とまったく同じだったのだ。その風景とは南阿蘇の風景で、遠くに阿蘇山がくっきりとみえた。

そして、夢の中にはもうひとつヒントがあった。わたしと面とむかった亀の脇に、もう一匹何かの生き物がいた感覚があったのだ。が、夢の中ではそれが猫なのか、あるいは亀の仲間なのかまではわからず仕舞いだった。なんとなくもう一匹、何かの生き物がいる気配を感じとるだけで精一杯だった。

ところが、この商業施設の柵の中にその答えはあった。なんとリクガメが二匹いたのである。したがって、その夢の中でのわたしの感覚は間違っていなかったということになる。

わたしは夢の中でみたことを、言葉にだしてそのリクガメに伝えた。リクガメは言葉がわかったのか、目をパチクリさせながらわたしの顔を凝視していた。それで、また会いにくるからね、と言ってその場をあとにした。


一般のかたにとっては、こうした話は信じがたいにちがいない。が、昔話や神話の多くが、人と動物は兄弟だったと伝えている。

実のところ、人がそう思わなくなってしまった時期と、人が退化しはじめた時期とはピッタリと重なる。現代の日本で誰も話さなくなった話があるとすれば、この手の話である。最後には自分ひとりだけになったとしても、わたしはこうした話を死ぬまで話し続けていこうと思う。

三十四　カラスは霊鳥

亀の話をしたところで、次はカラスの話をしようと思う。

カラスに関しては、あの出口王仁三郎も霊鳥であると断言している。が、以前のわたしはそれほどカラスに関する知識はなかった。ところがある日、あの体験をしてからカラスにたいする見方が変わってしまった。

そのころのわたしはユーチューブをしようかどうか迷っていたときだった。しかしいったんしようときめたら、こんどは、最初の動画は何を撮ろうかと迷った。当時、近所でよく鳴く一羽のカラスがいた。そのカラスは例外なく、毎日わたしの部屋の近くの木や電柱にとまっては独特な鳴きかたをした。けたたましいというよりは、ちょっと拍子ぬけするような鳴きかたをした。だから、けっしてうるさいと思ったことはなかった。そしてそのうち、その声がユーモラスだと思えるようになっていった。

そんなときである。そうだ、このカラスの鳴き声を録音しようと思ったのは。それほど独特でインパクトのある声だったのである。

ところが、その声を収録しようと思ったその翌日、半年以上にわたって毎日鳴き続けてきたそのカラスの声がパタッとしなくなったのである。それでも、明日になればまた鳴くさと思ったわたしはその翌日、ハンディ・レコーダーを準備してカラスが鳴くのを待った。が、待てど暮らせどいっこうにカラスはあらわれなかった。

数日間粘ってみたが、やはりその後二度とそのカラスはあらわれなくなったのである。まるでこちらの意志を読みとったかのようだった。人間の心を読みとるという、こうした動物の特殊能力についてはわたしも体験的に知っていたことではあったが、まさかカラスが、という疑念はまだ残っていた。あの晩までは。

何日待ってもあらわれないカラスに業を煮やしたわたしはそのことを家内に話した。家内は、そんなこともあるかもしれないという曖昧な返事をした。

その晩、ある夢をみた。夢の中のわたしは自然の中にいた。前には一羽のカラスが立っていたが、その姿が異常だった。

まずそのカラスの大きさであるが、車ほどのサイズなのだ。ひろげた翼は十メートルくらいあった。そしてもっと恐ろしかったのは、カラスの体全体がスケルトンになっていて、内部の骨が透けてみえたことである。

それをみたとき、わたしの恐怖心は頂点に達した。やられてしまうかもしれないと思うが早いか、とっさに観世音菩薩の真言を唱えだした。するとその瞬間、カラスの背中から紫色の炎がパッと燃えあがった。

目覚めると、カラスを辱めるような動画は金輪際撮らないと誓った。しかし、霊夢というものは他の雑多な夢と異なって、ものすごくリアリティやパワーを感じるものだが、この霊夢で感じたものはもっとも強烈だった。そのパワーだけで、それが霊夢（現実）であることをわたしに知らしめようとしている意志がひしひしと感じられた。

わたしたちが改めなければならないのは、他の生き物にたいするものの見方ではなかろうか。人間の中でさえ、完全な悟りに達した人間と凡夫とでは、そのあいだには想像もできないほどの、能力におけるへだたりが存在している。そのことを考えると、種類も異なる他の生き物については、わたしたちはほとんどその実体を知らないと思って間違いないのではなかろうか。

三十五　鳥はメッセンジャー

鳥はメッセンジャーである。

これについては、なんどかとりあげてきたトム・ブラウン・ジュニア氏も著書の中で言及している。わたし自身もこのことに関してはなんども経験している。

最初の経験は、毎日遊びにきていた野良猫モーモーがこなくなったときだった。その野良猫モーモーに関する話は「二十二　神様のクリスマスツリー」で詳しくしているので、そちらのほうをお読みいただきたい。

もう二度と会えないだろうと思いこんでいたそのモーモーが、四ヶ月ぶりに姿をあらわした朝のことである。迦陵頻伽《かりょうびんが》（＊極楽浄土に住むとされる、上半身が人の美声の鳥）のような美しい鳥の鳴き声がスッと心の中に入ってきて、わたしは目を覚ました。そのとき感じたのは、これほど美しい声で鳥が鳴いたということは、何かのサインにちがいないということだった。

さらに詳しく言うと、そのときの鳥の鳴き声はただ美しいというだけでなく、こちらの注意を喚起するような特色があったのである。他の誰でもなく、わたしにたいして語りかけているという強い印象があった。世界にたいして自分を開いてさえいれば、何がサインで何がそうでないかといったことは自ずとわかるものである。

そしてその日の夕方になり、また朝方と同様に、美しい鳥の鳴き声が心に入ってきた。その直後、もう会えないと思っていたモーモーが帰ってきたのだった。それで、その鳥の声がやはりサインだったと確信したのである。

わたしの手の甲にとまった小鳥のサインについては、「三十二　世にも不思議な鯨の物語」をご参考にしていただきたい。


それから、フクロウの話を紹介したい。

やむをえぬ事情で引っ越す際に、前述のモーモーを水俣に連れていった。四ヶ月後に帰ってきたモーモーの姿がげっそりとやつれていたからである。その場に放置したままだと、他の野良猫に殺されてしまうか、餓死してしまうように思われた。一時は引っ越し先で飼うことも考えたが、大人になるまで外で暮らしていたモーモーは家猫になるのを嫌がって抵抗した。それで苦渋の決断で、水俣の実家がある土地に放ったのだった。少なくとも実家のそばにいれば餌にはありつける。そうしてくれと実家には頼んでおいた。が、内心わたしは彼の将来が心配でならなかった。

繊細で、大人になってからもずっとあどけなさの残っているモーモーが、この新しい土地に馴染めるだろうか。それに、ずっとわたしたちに可愛がられてきたのに、とつぜんケージの中に閉じこめられてしまった驚きと恐怖とから、もう二度と人間にたいして心を開かなくなるのではないか、という心配もあった。

わたしはそんな疑念に苛《さいな》まれながら、鬱屈《うっくつ》とした気分でその晩寝床についた。が、なかなか寝つけなかった。みると、家内もわたしと同じとみえ、なかなか寝つけないようだった。それでわたしは、家内に「月をみよう」と言って外にでた。本当の理由は、もしかしたら外でモーモーに会えるかもしれないというかすかな期待があったのだ。自分から庭におりていったモーモーはいなくなっていた。でも、どこか近くにいるはずだ、とわたしは思った。

狭い入江をはさんで、対岸には鬱蒼《うっそう》と茂った森の影がぼんやりとみえた。わたしは月の光を浴びながら、「神様、モーモーを守って下さい」と森のほうにむかってお願いをした。

そのとき、いつもは聞いたことのない声がした。ホー、ホー、とフクロウが二回鳴いたのだ。その声を聞いたわたしは家内に言った。あれは、神様がモーモーを守ってくれるという返事だよ、と。

その後、水俣へいくたびにモーモーは姿をみせてくれた。あのとき、フクロウが鳴いてくれたのはやはりサインだったのだと思った。だがそれからは、やんごとなき事情によりモーモーにはずっと会っていない。

さて、鳥はメッセンジャーという話をしてきたが、もうひとつ短い話をしておわりにしたい。それは昔から日本にある諺《ことわざ》についてである。

「足元から鳥が立つ」という言葉は多くの人がいちどは耳にしたことがあると思う。意味は、身近で思いがけないことがとつぜん起きる、ということである。

詳細は省略するが、裏山まで散歩して帰るときに体験したことである。坂道を下りはじめたときに、脇にあった側溝からとつぜん鳥が飛びたった。その瞬間わたしは、これは何かのサインだと直観した。すると、帰宅後、もうけっして連絡してくることはないと思っていた人間から、思わぬ内容のメールが届いていた。

田舎暮らしをしているかたならわかると思うが、「足元から鳥が立つ」などということは、よくわたしたちの身のまわりで起きることである。では、どうしたらそれをサインだと見ぬくことができるのか。くり返しになるが、それは「どうしたら」という問題でさえない。世界にたいして自分を開いていれば、それは自ずとわかるものである。

もしそれがサインであれば、本来それは心に響くものなのだ。「本来」という言葉に留意していただきたい。頭の中が常に雑念であふれかえっている者にはそれがわからないだけである。内側のお喋りをやめて世界をただ「観る」ことのできる人間には、様々なメッセージが届くように、本来この世界はできている。

昔のユーミンの歌にもあるではないか。中身のともなった瞑想さえ毎日続けていれば、世界からのメッセージは「小さいころ」だけでなく、大人になってからもずっと途切れることなく続いていく。

三十六　野生の鹿の教え

わたしは日夜自宅で座禅をおこなうことを日課としているが、ときには自然の中で瞑想をすることもある。どちらかといえば、自然の中でするほうがわたしの好みだ。なんといってもわたしは自然が大好きだし、自然の中にいるだけで充足感がみなぎるほどだからだ。

できれば人のこない山奥のほうが好ましい。もっと言えば、そこが岩に囲まれた場所で、かすかに水のしたたる音が聞こえてくるようなところであればなお理想的だ。なんども経験したことであるが、そうした素晴らしい環境で瞑想をすると、心は自然と解き放たれる。なんの努力も要せず、思考は雲散霧消していく。

春まだ浅き日だった。わたしは津奈木町（＊熊本県水俣市の北側に隣接する町）の矢城山へいった。登山する基準を標高にしかみいだささないような登山家にとっては、この山はただの低山に過ぎない。が、この山は知る人ぞ知る霊山である。この山が神聖な山であるという証拠は、巨石群をはじめとしていたるところに散見される。それはともかく、わたしはかねてからいちどこの山の中で瞑想をしたいと思っていた。

適当な場所に車をとめて、緑色に変色したガードレールをまたぐと、急な斜面をのぼっていった。斜面をのぼっているあいだ、その場所が危険な場所であるといったスピリチュアルなサインは何もなかった。

しばらくのぼったところに、座って瞑想をするのにちょうどいい感じの岩をみつけた。わたしがみつけたその場所の周辺にはたくさんの岩が露出していた。大雨が降るとそこを水が流れ、長年にわたって表面の土を流してしまったことで、埋まっていた岩が露出したような感じだった。

わたしは岩の上に直接座ると、早速瞑想をはじめた。

瞑想をはじめてまだ五分と経たないとき、藪《やぶ》のほうから音が聞こえてきた。それは紛れもない大型の四つ足動物の足音だった。

その音を聞いた瞬間わたしが感じたことは二つあった。ひとつは足音の主がイノシシにちがいないということ。そしてもうひとつは、その足音が一直線にこちらにむかって近づいてきていたので、すでに匂いでわたしを捕捉していて攻撃対象にしているはずだということ。

足音の動きの速さに一瞬だけ頭が白紙になったわたしは、その場で静止してしまった。周囲には隠れたり身を守ったりする場所がなかったのだ。下の道路へ下るという考えは浮かばなかった。足音はもうそこまできていたからである。


ところが、茂みの中からでてきたのはイノシシではなく一頭の大きな牡鹿だった。このときのことは今でもわたしの脳裏に深く刻みこまれている。予想すらしていなかった場所に人がいたことで、鹿はその場に静止した。

最初、鹿の大きな目は、その目をとおして森がわたしをみているかのように澄みわたっていた。が、一瞬ののち、さっきわたしが一瞬だけ白紙になったのと同様に、明らかに混乱しはじめているような表情をみせた。
その一方で、茂みからでてきたのが鹿だったことでわたしはホッとしていた。その直後、鹿は大きく跳躍した。十メートル以上は飛んだようにみえた。わたしより二十メートルほど離れた岩の上に着地するが早いかすぐにまた跳躍し、三度目の跳躍をおえたときにはわたしの視界から完全に消え去っていた。

このときの鹿の動きはため息がでるほど、ただただ美しかった。どんな言葉をもってしても、あのときの鹿の跳躍の美しさを表現することなど不可能である。わたしに表現できることと言えば、あの鹿の動きは森と完全に一体になっていたということぐらいだ。あれほど美しく跳躍のできる動物は鹿以外には存在しない、とわたしは断言できる。
こうしたことがすべて、時間にしてほんの数秒間のあいだに自分の目の前で起こったことに、わたしは身震いをおぼえるほど感動した。

しばらく感動の余韻に浸っていると、また足音が茂みの中から聞こえてきた。そしてベルの音も同時に聞こえてきた。それで、その動物が姿をあらわす前にそれが猟犬だということがわかった。猟犬は茂みの中からでてくると、明らかに混乱したような仕草をみせた。しばらくのあいだ猟犬は鼻先を左右に動かしながら、空気中に漂っている匂いをクンクンと嗅いでいた。そして、鹿の匂いとは異なる匂いに気づいたかのようだった。

そのあいだわたしは猟犬のいる場所よりも数メートル高い斜面にいて、この犬の挙動のすべてを上から眺めていたのだが、猟犬がまったくわたしの存在に気づかなかったのは興味深かった。わたしは猟犬の反応に興味があって口笛を吹いてみた。その瞬間猟犬はこちらをみたが、すぐに興味が失せたのか、鹿が跳躍したのと寸分たがわぬ方向へと走り去っていった。

わたしは常々、生活臭に囲まれて飼われている猟犬の嗅覚がどの程度のものかと疑っていたのだが、この猟犬のとった行動を目の当たりにして、猟犬の嗅覚の鋭さを知った。

矢城山以外でも、わたしは数えきれないくらい野生の鹿に出会ったことがある。そこから言えることは、野生の鹿はとても鋭敏な神経をもっているということである。よく鹿のことを臆病だと表現する人がいるが、わたしの考えは少しちがう。

わたしたち人間に当てはまる「臆病」という言葉をそのまま野生動物に当てはめること自体、人間の傲慢さのあらわれだとわたしは思っている。鹿たちは臆病なのではない。鋭敏な神経をもっているだけなのだ。それがなければ野生では生き残っていくことができないからである。

ではなぜ、鋭敏な神経をもっている野生の鹿がわたしの存在に気づけなかったのか？　これには理由が二つ考えられる。ひとつは、そのときわたしが瞑想に没頭していたことで、周囲の自然と一体化していた可能性がある。このことに関してはトム・ブラウン・ジュニア氏も同様の体験談を語っているので（瞑想と自然に拠り所をおく人間は、共通した体験をする傾向にある）、かなり可能性の高い解釈ではなかろうか。

そしてもうひとつは、猟犬に追われていたことで平常心を失っていたことが考えられる。そのときの鹿は猟犬に追われていた恐怖から、逃げることで精一杯だったにちがいない。だから、どこへ逃げれば安全かという本能が働いていなかったのではなかろうか。もしあのときわたしが猟師だったら、あの鹿は猟銃で撃たれていたはずだ。

だが、わたしたち人間も人生における様々な局面で、この野生の鹿と同じ過ちを犯しているように思える。わたしたちが大きなミスを犯すのも、たいていの場合平常心を失ったときだからである。

人は仕事の上ではミスを犯さないように気をつける。が、私生活はまったく別だ。わたしはこれまでの人生で、仕事ではほとんどミスを犯さないのに、ことプライベートとなると別の人間かと思えるほどミスばかり犯す人間をたくさんみてきた。どんな生き物にとっても、平常心を失うことで、様々なリスクがあがると思って間違いない。

二匹目の猟犬が茂みから顔をだしたとき、わたしは急いで道路におりるべきだと悟った。足元の小石を蹴散らしながら急いで斜面を駆けおりて道路にでた。

すると、わたしがここへきたときにはなかった軽トラックが二台並んでおり、その荷台には猟犬用のケージが載せてあった。そしてその前後に、猟銃をもった猟師が三人立っていた。

とつぜんのわたしの出現に猟師たちは驚いているようだった。それはそうである。猟犬を放ったばかりの森の奥から、黒ずくめの大男が小石とともに躍りでてきたら誰だって驚くはずだ。このとき、黒のダウンジャケットを着こんでいたわたしが、日本版ビッグフットと間違われて撃たれなかったのは幸いだった。

上下：矢城山の巨石群（筆者撮影）

三十七　軍艦隼鷹《じゅんよう》

「二十三　浮島の啓示」で少し触れたが、浮島を訪ねるスピリチュアル・ジャーニーにはもうひとつの目的地があった。旅程的にはその目的地のほうが先である。その目的地とは、広島県呉市にある（旧呉海軍墓地の）長迫公園だった。

はじまりは、ある霊夢をみたことがきっかけであった。

夢の中に大きな船があらわれた。その船はある入江に停泊していた。海は凪《なぎ》で、入江の中の港も静かだった。

わたしはその船にのるべく、岬の斜面を切り崩してつくられた切符売り場で乗船券を買おうとしていた。そのとき頭の中にあるメッセージが響いてきた。その声はこう告げた。

「ジュンヨー」と。

その瞬間目が覚めた。起きるやいなや、わたしはこの謎の言葉である「ジュンヨー」の意味を早速パソコンで調べた。すると大日本帝国海軍の航空母艦であった「隼鷹（じゅんよう）」であることがすぐにわかった。隼鷹という名前は猛禽類のハヤブサとタカに由来する。実はこの隼鷹、もともとは日本郵船の橿原丸という名の貨客船であったものを、一九四二年に航空母艦に改造した軍艦だそうである。

大型の軍艦が撃沈されることなく本国に帰投できたことは僥倖《ぎょうこう》であったと思う。が、戦後に貨客船にもどされることなく、軍艦として解体されたという事実を知ったとき、わたしはなぜか物悲しくなった。隼鷹のその悲痛な叫びがわたしの意識にたいして放たれたのかもしれない。

だからかわからないが、夢の中でわたしがみた隼鷹の姿は航空母艦の姿ではなかった。色もベージュ色に近かった。もしかしてと思い、わたしは航空母艦に改造される前の橿原《かしはら》丸の画像を検索してみた。細かい部分は異なっていたが、わたしが夢の中でみた大きな船は航空母艦の形よりはずっと橿原丸の船体に近かった。もしかしたら隼鷹は軍艦として改造されたことを不服とし、貨客船として船の命をおえたかったのではあるまいか。わたしにはそう思えて仕方がない。

物に意識が宿ることなどあるのか、という意見が殺到しそうだが、付喪神《つくもがみ》（＊長い年月を経た道具などに精霊が宿っているもの）をはじめとしてその手の話は昔から枚挙にいとまがない。

ひとつだけ例を挙げると、以前わたしの実家でこんなことがあった。家族が、知の巨人であった徳富蘇峰《そほう》(＊明治から昭和時代にかけてのジャーナリスト、作家、歴史家、思想家。幼年期を父親の実家のあった水俣で過ごす。徳富蘆花は実弟。主著は計百巻の大作『近世日本国民史』)が所有していたという箪笥《たんす》を買ってきた。

すると、その翌日から怪異が続いたのである。箪笥の中から風が吹き荒れる音が聞こえてきたり、大勢の軍靴の音が聞こえてきたりしたので、怖くなって神社に引き取ってもらったことがあった。そうした曰く付きの骨董品だったからこそ、前の所有者は手放したのかもしれない。あの徳富蘇峰が所有していた貴重な骨董品を売りにだしたのである。それ以外に理由があろうか?


では、「なぜわたしなのか?」という、またあの疑問が湧いてくる。それにたいする現在のわたしの回答はこうである。

まず、わたしが大の船好きであるということ。可能ならば自分の家の内装をすべて客船のような内装(それが一九二〇年代の豪華客船のアール・デコ調の内装ならばなお完璧だ)にしてしまいたいくらい、わたしの船好きは尋常ではないレベルにある。

次に、わたしが日露戦争時の日本連合艦隊について講演会（「秋山真之の秘密」）をおこなったことがあるということは前に触れたが、そうした軍艦への関心を強くわたしがいだいていたという点である。

そして最後に、わたしが長年座禅をしているという重要な点である。そうしたものが、この霊夢をみさせられたきっかけとなったのではなかろうか、とわたしは思っている。ここまで書いて思ったのだが、これらの点を兼ね備えた日本人は一体どれくらいいるだろうか？

もうひとつ、忘れるところだった大事な点がある。この件に関しては、これとは別の話（「三十二　世にも不思議な鯨の物語」）でも書いているが、一般のかたからすれば信じがたい話である。それは何かと言えば、メッセージを発する側が供養を求めているということである。これに関しては証拠があるので、ぜひ「三十二　世にも不思議な鯨の物語」のほうもご参考にしていただきたい。

とにかく、こうした経緯で二〇二二年七月九日、わたしは呉市へと旅立った。熊本市から呉市までは案外遠かった。暑かったことで予想以上に遠く感じられたのかもしれない。車好きなわたしは可能なかぎり飛行機をつかうことをさけ、地上を移動することにしているのだ。ちなみにこれまでの車による移動最高距離は、九州から岩手県の盛岡市までである。

夏場の車での移動は熱中症を覚悟しなければならない。車が広島県に入ったあたりから、わたしは熱中症になった記憶がある。

そして、車が呉市に入ったとき、その街並みをいちど夢の中でみたことがあることに気づいた。前世でもしかしたら呉市に住んでいたことがあるのかもしれない。夢の中でわたしがみた呉市の風景は戦前か戦後すぐのような雰囲気だった。どこの民家も、居間の戸をあけはなっていて、家族がみんなで食卓を囲んでいる風景がみえた。

ということは、もしかしてわたし自身が隼鷹の乗組員だったのだろうか？　可能性はゼロではないと思う。

隼鷹の慰霊碑のある長迫《ながさこ》公園に着いたのはまだ陽が高い時刻だった。案内板を見ながら隼鷹の慰霊碑の場所を探していると、ひとりの男性が近づいてきた。その人はボランティアとしてそこで案内係をしている、と言った。

訪問目的を告げると、その男性が案内をしてくれることになった。隼鷹の慰霊碑は公園の奥まった所にあった。案内板だけではわからなかったと思うと、男性の案内はありがたかった。

わたしと家内は持参していた線香に火をつけて慰霊碑の前に供えた。慰霊碑のくぼんだ文字のところに大きなカタツムリがいた。その前後に、案内をしてくれた男性から隼鷹に関するエピソードを色々と聞くことができた。イギリスが客船を軍艦に改造していたそのやり方を学んで、貨客船を航空母艦へと改造したのだとか、食堂が広かったので評判がよかった、などである。どれもわたしの興味をそそる内容だった。

そしていよいよ供養をするタイミングだと思い、わたしは行き掛かり上男性にたいして霊夢のことを正直に説明した。それでおかしな人間だと思われても仕方がない。これは、隼鷹の慰霊碑まで案内の労をとって下さったばかりでなく、その軍艦について他では聞けないような解説までして下さったかたにたいする礼儀だと思ったのである。

供養をおえて汗まみれとなって階段を下っているとき、久しぶりにわたしは清々しい気持ちになっていた。

不思議な体験

三十八　火の粉が腹中に入る

四十代なかばに脱サラして自分の時間にある程度余裕ができてからというもの、わたしは座禅に費やす時間をふやした。起床してすぐに座禅をし、就寝前にも座り、そして夜中にトイレに立ってもどってきたときにも座るといった具合である。

この、夜中におこなう座禅は特に好きだ。周囲が静かなので、喧騒の絶えない昼間よりもずっと没頭できるからである。

わたしはいつものように、その日も朝から仕事部屋で瞑想をしていた。もうこのころになると、どんな姿勢をとっていても瞑想することができるくらいにはなっていた。野良猫が膝の上で昼寝をはじめると、その姿勢で深い瞑想に入ることもできた。

この日、体調が優れなかったわたしは椅子に腰かけて瞑想をしていた。椅子に腰かけているだけで、中身は座禅と同じである。

すると不思議なことが起こった。瞑想を開始してまだ五分も経っていなかったと思う。頭上の空間にとつぜん火の粉（瞑想のつど出現する閃光とは異なる）のようなものが出現したのである。それはユラユラとゆっくりと下降していき、ついにはわたしのお腹のあたりに吸い込まれるかのようにして消えていった。

それが臍下丹田のあたりに入っていく瞬間、その光りかた（まるで燃えているようにみえた）があまりにリアルだったため、一瞬服が焦げるのではないかと不安に思ったほどだった。実際、わたしは狭い椅子の上で身じろいだ。この奇妙な体験を前後する形で、様々な神秘体験がにわかにふえていった。

ダライ・ラマ（＊ダライ・ラマ十四世。チベット人全体の政教両面の指導者。ノーベル平和賞受賞者。代々のダライ・ラマは観音菩薩の化身として崇敬されている）が夢枕に立ったのもそんな時期のことである。夢の中でダライ・ラマはわたしに「笑われるぞ」とひと言だけ助言をして下さった。このころ様々な能力が開花して少しばかりいい気になっていたわたしが勘違いしないように、戒めてくれたのである。この件以来、わたしがダライ・ラマを本物の観音菩薩の化身であると再認識するようになったのは言うまでもない。

一方で、二十代後半ごろ出家を考えていたわたしは、臨済宗の中川球童老師に相談をさせていただいたことがあった。場所は、当時のわたしが参禅に通っていた谷中の全生庵（＊東京都台東区谷中にある臨済宗の寺院。開基は山岡鉄舟）である。そのときにも感じたことだが、悟りを得た善知識（＊正法にて人を導き，仏道に精進させ解脱させる賢人）の助言は、実に的確にして簡潔である。無駄な言葉が一切ない。

三十九　大黒様の物質化現象

この体験談はこれまでに話してきた、予知夢、霊夢、サイン、サバイバルなどとはなんの関係もない。わたしはこの本を書くにあたって、自らの経験したことを単なる一過性の体験談にせず、そこからなんらかの教えを導きだそうと考えてきたのだが、この話はどちらかと言えばエンターテイメント要素の強い体験談である。もちろん、そこからなんらかのメッセージを読みとることも可能だが、まずは楽しんで読んでいただきたい。

二〇二一年、当時のわたしは時折、運動がてらに熊本駅の近くにある花岡山の頂上まで散歩をしていた。ある日のこと、仏舎利塔を参拝して引き返していたところ、わたしの目があるものにグッと惹き寄せられた。

そこにあったのは大黒様の石像だった。大黒様だとわかったのは、その石像を入念に観察したあとである。その石像のおかれていた場所は仏舎利塔を管理している日蓮宗系のお寺の一画で、これまでに幾度となくその前を歩いているのに、どうして今まで気がつかずにいたのだろうか、とわたしは思った。日蓮宗系のお寺に大黒様か、とも思った。

それはともかく、わたしはその石像の前で立ちどまると、じっと大黒様を観察した。相当に古い石像らしく、長年かけて角がすりへり、よくみなければ大黒様だとは判別できないほど全体的に風化していた。が、その表面的な特徴とは裏腹に、わたしの心は石像の目にはみえない何かと共振しだした。

この大黒様には魂が入っている、と思ったのはそのときだった。わたしは大黒様にむかって恭《うやうや》しくお辞儀をして帰宅した。しかし、結果的に、これがこの大黒様をみた最後となってしまった。

その三日後くらいであったと記憶する。

何を思ったのか、とつぜんわたしは数日前にみかけたこの大黒様のことを思い出した。そして、部屋の中でこんなお願いをしはじめたのである。

「これまでにわたしは様々な奇跡的な体験をしてきましたが、物質化現象だけはいまだに目にしたことがありません。できればどうか、物質化現象をみせて下さい」と。


それからまた数日後の日曜日。わたしは家内と連れだって鶴屋百貨店（＊熊本市中心部にある老舗の百貨店。売り場面積は日本最大級）へとむかった。そして本館から入り、連絡通路をとおって東館へとぬけた。ぬけたところにあったのは女性むけのアウトドア衣料を扱っているお店だった。家内が商品をみているあいだ、わたしは手持ちぶさたで商品列のあいだに突っ立っていた。

そのときである。まるで金属どうしが激しくぶつかったときのような「カーン」という、乾いた音が間近でした。その音があまりに大きく、そして場ちがいな音であったため、わたしは反射的に音のしたほうをみた（あとで知ったことだが、すぐ近くにいたにもかかわらず、わたしの家内にはこの音は聞こえなかったそうである）。まことに不思議なことである。ほんの二メートルほど先で音がしたのだったが、音がした場所とわたしとのあいだにひとりの女性が立っていた。その女性はわたしが聞いたのと同じ音をその場で聞いたとみえて、音がした直後にその場にしゃがみこんだ。それとほぼ同時に、異変を聞きつけた店員がやってきた。このとき、店員にたいして言った女性の言葉がいまだに忘れられない。

「あのう、今、空からお金が落ちてきたんです」

たしかに、その女性はそう言ったのだ。わたしの聞き間違いなどではない。そう言いながら女性は床に落ちていた硬貨を拾って店員にわたした。わたしは背後からその一部始終をみていた。店員はなかば笑いながら、女性から拾ったお金を受けとっていた。

もちろん、空からお金が落ちてくることはない。売り場の上には天井があるからだ。が、その女性は「空から」と言った。女性が本当に言いたかったのは「空中から」のはずである。が、とっさに口からでたのは「空から」だったのだ。

わたしにはこの女性の心理がよくわかる。もし、この女性がそこにいなければ、この、空中からあらわれた硬貨を拾っていたのはわたしである。そのことを思うと、よほどこの女性は特別な人物なのであろう。

オカルト界隈でいわれる物質化現象とは、何もない空間から突如として物質が出現することである。そもそもこの物質化現象という言葉は、サイババの奇跡で有名になったと記憶する。

このとき、わたしは三日前にこの物質化現象を見せてほしい、と大黒様にお願いしていたことを思い出した。大黒様、この場を借りてお礼を述べさせていただきたい。

ここからある種の教えを導きだすと、物質というものの本性をわたしたちはまだ知らないということである。様々な非日常的体験をしていると、物質と非物質との境界線が曖昧になってくる。

誰になんと言われようと断じて言えることは、この世界の実相は見かけの世界とはだいぶ異なっているということである。その人の境遇に応じて、目にみえる世界は顕現しているといった意味のことがお経にも書かれているが、それは紛れもない真実なのだ。

四十　花岡山の仏舎利塔

これは「場所」にまつわる霊夢についての話である。

神聖な場所はメッセージを発することがある。ある晩、こんな霊夢をみた。夢の中にわたしの知らないある丘があらわれた。その丘までは一本の道がのびており、ある地点でそれが二股にわかれていた。道の両脇には涼しげな木々が生い茂っているのがみえた。

夢の中で、素晴らしい場所だな、こんな場所に住んでみたいなと思っていると、次の瞬間丘の上にある「何か」がわたしの視界に入ってきた。

その「何か」とは、古代インド由来の神聖な遺物を祀った場所のようだった。何かの神聖な遺物が、円形に並べられた石によって周囲を囲まれているのがみえた。その神聖な遺物は歴史的に相当古いものであることが、夢をとおしてわたしに伝わってきた。また、神聖な遺物のまわりには木々が枝をのばしているのもみえた。

それから数ヶ月が過ぎ、熊本市内に引っ越すべく場所を探していたときのことである。そろそろ帰ろうと思っていたそのとき、熊本駅の北側に小高い丘があることに気づいたわたしは興味をおぼえ、その丘に寄り道をしてから帰ろうと思った。

丘の頂上に着いたとき、わたしは驚いた。そこは夢の中にあらわれた場所だったのである。夢の中にあらわれた「インド由来の神聖な遺物を祀った場所」とは、花岡山の仏舎利塔のことだったのだ。しかも、その仏舎利塔に収められている仏舎利（＊釈迦の遺骨）は、インドの故ネール首相から寄贈されたものだということまでわかった。だから、花岡山の仏舎利は本物なのである（国家元首が偽物を贈るわけはない）。そして丘を下るとき、二股にわかれている道の風景も夢でみたとおりだと感じた。

引っ越し先がここだと感じたわたしは、年があけるとすぐに花岡山の麓に引っ越した。引っ越してからしばらくすると、この仏舎利塔を管理しているお寺のご住職（「十八　蟻がつげる戦争のサイン」にも登場するご住職）と懇意になった。

ある日、このご住職にわたしがみた花岡山の霊夢のことをお話ししたら、とても興味深いお話を聴かせて下さった。

それはこのお寺の長崎道場ができたあと、近所に住む人から聞いた話らしい。そのかたが言うには、仏舎利塔ができる前のある時期から、お寺の鐘の音が毎日聞こえてきたそうである。おかしなこともあるなと思っていると、鐘の音が聞こえてきた場所に、その後仏舎利塔が立ったとのこと。

「だから、仏舎利塔を建てる場所というのは、ずっと前からきまっておるということですのう。ありがたいことですのう」とご住職はおっしゃった。

四十一　神亀山と海亀の謎

神聖な場所はメッセージを発信するという話をしたので、その手の話をもうひとつ紹介したい。

その年の初詣は鹿児島県薩摩川内市にある新田神社（＊薩摩国一宮。ニニギノミコトの陵墓がある）にいくことにきめていた。ニニギノミコトの御陵に参拝したかったからである。この神社には、わたしがまだ神道や歴史にそれほど詳しくなかったころにいちどいったことがあるだけで、どんな神社だったかもう忘れていた。

ところが、有名なある神社の宮司さんと歴史の話をしていたときに、話がたまたまニニギノミコトのことにおよんだ。そのとき宮司さんは、ニニギノミコトの御陵は新田神社にあると教えて下さった。

ところが、ある晩、明らかな霊夢をみた。霊夢をみた際、通常の雑多な夢と区別することが困難な場合もあるが、みた瞬間に「今のは霊夢だ」とはっきりとわかるほど際立っている霊夢もある。そのときにみた霊夢は本当に際立っていた。なぜかと言えば、その夢の映像がきわめて象徴的でユニークであったばかりでなく、ごく短時間でおわったからである。霊夢史上最短であった。

その夢とは、こんな不思議な内容だった。丸い丘のようなものがあらわれた。それは古墳のようだった。すると次の瞬間、その古墳が海亀へと変身して歩きだしたのである。以上が夢の内容である。が、夢のその短さとは裏腹に、そのインパクトたるや絶大であった。

この霊夢が何を意味しているかはすぐにわかった。わたしは直観的に、この霊夢は初詣でいく予定の新田神社と関係しているのではないかと思った。それで早速パソコンで調べると、実に興味深いことがわかった。ニニギノミコトの御陵（古墳）があるその丘の形を航空写真でみると、なんと海亀の形をしていたのだ！　それればかりではない。この丘の名前まで神亀山というではないか。それに大昔、実際に亀が新田神社に参拝にきたという伝承まで残っていたのである。

現代ならば、航空写真をみればその山の形がわかる。しかし、航空写真などなかった昔は今ほど明確にはわからなかったはずだ。では、どうしてこのような名前がついたのだろうか。横からみると、亀の甲羅のように盛りあがっているからか？　が、丘はたいてい盛りあがっている。この謎と新田神社の霊夢はわたしの想像力をいかんなく刺激することとなった。

それで後日、わたしは想像力をふくらませてこの神亀山についてのＳＦ小説を書いた。神亀山にねむる禁断の謎と並行世界とをテーマとする未発表作品であるが、未発表のままがいいかもしれないと思っている。

上：瓊瓊杵尊の御陵（筆者撮影）
下：神亀山の森（筆者撮影）

四十二　山の神と六つの怪異

この話は、二〇一七年五月五日に、熊本県のあるキャンプ場でわたしが体験したことである。そのキャンプ場はもともと市営だったが、ずいぶん前に閉鎖していた。が、自己責任で利用することは可能だった。

わたしはふだんキャンプ場を利用することはない。理由は色々とあるが、大自然を直接味わえないことが最大の理由である。が、ここのキャンプ場は少し事情が異なっていた。海の中につきだした岬には豊かな国有林が生い茂り、その樹間を美しい鳴き声でうたう野鳥たちが飛びかっている。

キャンプ設備と言えるものは炊事場だけだった。日本によくあるキャンプ場のように、自然林を根こそぎにしてどこまでも芝生を植え、あげくの果てにはテントサイトごとに電源まで備わっている、家電オタク好みの「すべてが完備されている」キャンプ場とは趣を異にしているのだ。

このキャンプ場を利用する者など皆無だった。閉鎖される前ですら、いつもわたしの貸しきり状態だった。それが、この廃キャンプ場を利用しようと思った理由だった。

ところが、想定外のことがこれほど起きることになろうとは。今になって思えば、キャンプに出発する前日と前々日に、小さな閃光が玄関やパソコンの横や、いつもは出現しない場所にあらわれていたので、それがサインだったのである。

駐車場に車をとめて、迫撃砲の十字砲火を受けたとしか思えないような未舗装路を歩くと、キャンプ道具をもっていた手が痺れをきらせるころ、ようやく原っぱがみえてくる。一歩ここに足をふみこんだとたん、海辺のあつい日差しに照らされた草叢や広葉樹の木の葉の、なんともいえない芳しい匂いの洗礼を受ける。その匂いだけでわたしの心は一新される。これは本当だ。この匂いを嗅いだだけで「生きててよかった」とわたしは思える。

わたしとはそういう種類の人間なのだ。もっと言えば、この新緑の木の葉を生かしているのと同じ生命の息吹が、このわたしの内にも脈動していると感じるとき、自分が本当に満たされていると実感することができる。

もうずいぶん前に閉鎖になったため、人が利用していた痕跡はたえて久しい。その代わりあたりには、人間にたいして強制的に提供することを強いられていた自分の一部をとりもどそうとする、自然の息づかいがたちこめている。

わたしがこの場所で野営をすることにきめたもうひとつの理由は、閉鎖されたキャンプ場というものがどのようにして自然へともどっていくのか、あるいは人工的な原形を留めてしまうのか、ということをこの目で確かめてみたかったからである。

荷物をおろすといつものように、山の神にたいして一夜をここであかす許しをこうた。冷えたビールを飲む前に、地面にほんの少し垂らして山の神に捧げ、つづいて火の神にも捧げる。けっして自然を荒らしにきたのではない、ということを先方へ伝えるのだ。広大な敷地にはわたしと家内の他に誰もいなかった。

最初の異変は、テントを設営したあとすぐに起きた。

日没時、何かの気配を感じたわたしは、ふと数メートル先の、原っぱと旧管理棟とのあいだをとおる遊歩道に目をやった。白いモノが、わたしの眼球の周辺視野をよぎったのである。テントから十五メートルと離れていない場所である。急いで懐中電灯で照らしてみたが、もういなかった。

本当に一瞬のことだったが、わたしの目に動く白いモノが映ったのは確かである。大きさははっきりとはしないが、子供くらいの大きさだったように思う。直観的に山の神なのではないかと思った。これが一つ目の怪異である。

夕食をおえたわたしたちは早い時間から眠りについた。野営の最大の魅力は、視覚世界から聴覚世界へと移ること、そして何かをすることに終止符をうって「何もしないこと」へと集中できることである。何もせずに自然の音に知覚のすべてをゆだねることは、本当に素晴らしい時間をもたらしてくれる。だから、本当は食事をしなくてもいいくらいなのだ。非日常的体験を目的にきたのに、日常をもちこんで薄味にしてしまわないことだ。

そもそも、キャンプの醍醐味が食事であるかのような錯覚を与える原因のひとつをつくったのは、アーネスト・ヘミングウェイ（＊アメリカの作家。代表作に『老人と海』『日はまた昇る』『誰がために鐘は鳴る』。ノーベル文学賞受賞）だとわたしは思っている。わたし自身ずっとヘミングウェイの愛読者のひとりだったので、野営での食事のシーンがどれほど魅力的に描かれているか、よく知っているつもりだ。

自分がみたことをそのまま言葉にできる特別な才能のあったヘミングウェイだが、彼のその才能が遺憾なく発揮された最大の場所のひとつが、ニックを主人公にした一連の短編小説の中の食事の場面であった。

キャンプでこの食事さえなければ、わたしたちはもっと自然に自分たちという存在に集中できるのだ。だからわたしはこれまでにひとりで野営をしたときには、食事をとったことがない。日常的な楽しさを放棄してしまえば、本物の、際限のない楽しさというものが姿をあらわしてくれるからだ。

夜半からシトシトと冷たい雨が降りだした。テントをうつ雨だれの音が眠気を誘い、わたしは軽い睡眠状態と覚醒とのあいだをいったりきたりしていた。

深夜の一時ごろだった。ある音に驚いて目が覚めた。それは、何者かがテントの表面を指で撫でるような音だった。「ザザザー」という大きな音が上から下のほうへとゆっくりとおりてゆく。けっして木の枝などではない。テントの上には木の枝などなかったのだから。というよりもその音には、人間が意図的に引っ掻いたときのような圧力が感じられた。わたしは恐怖に慄いて目を覚ました。

異変が起こっても瞬時に対応できるように、わたしはいつも自然の中で寝泊まりする際には、右手の甲に触れる位置にナイフをおいているのだが、そのナイフを静かにゆっくりと鞘からぬいた。もしさっきの音が、二重構造のテントの外側のファスナーをあける音だとしたら、こんどはテントの内側のファスナーをあけられるのでは、と思ったからである。

誤解しないでいただきたい。わたしが野営にナイフを携行するのは対人間的な理由ではなく、ヒトならざるものにたいしてのお守りとしてである。杣人《そまびと》（＊きこりの別称）のもつ魔除けのマサカリと同じなのだ。

ナイフを鞘からぬく気配を何者かが察したのか（人間ならばあり得ない）、この時点では、それ以上は何事も起こらなかった。テントを撫でる音はファスナーをあけるときの音に近いほど大きかった。

わたしは、夕方みた白い物体のことを思い出した。あれが山の神だとすれば、おそらくイタズラをしにきたのだろうと思った。これが二つ目の怪異である。

その後、用をたすためにひとりで外にでた。

さっきのことを思い出すとまだ怖かった。すると、斜面の上のほうの竹薮の中で「ザザザザ」と、何者かが徘徊する音が聞こえてきた。懐中電灯を照らして音のするほうをみたが、何もみつけることはできなかった。

怖くなったわたしは急いでテントの中へともどった。その正体は不明である。これも日没時にみた白い存在かもしれない。これが三つ目の怪異である。

テントの表面を何者かに撫でられたことよりも、この怪異のほうが恐ろしかった。夜中にうつらうつらしていると、フクロウの大きな鳴き声が聞こえてきた。雨は小降りになっていた。はじめはフクロウの声だけが断続的に聞こえていたが、あるときからそのフクロウの声に応えるようにして、獣のような声が聞こえてきた。

獣と書いたが、はじめは獣の声のように聞こえたに過ぎない。最初その声は山犬のもののように感じられたが、妙にしゃがれていた。そのしゃがれ具合がなんというか獣ばなれしていた。フクロウが鳴くと、獣が吠えるという感じで聞こえてくる。するとある瞬間から、フクロウの声に応えていたその獣の吠え声が、フクロウの鳴き声のまねをしはじめた。

「フォーフォ、フォー」とフクロウが鳴くと、獣も「フォーフォ、フォー」と吠えた。しかも、その二者の声が徐々にテントのほうへと接近してきた。

「こら、おかしいぞ」とわたしは声にだして言った。家内は「おかしい」と言ったきり黙りこんだ。家内が黙りこむときは恐怖を感じたときかお腹が空いたときしかない。さっきから家内も、その妙な鳴き声のせいで目が覚めていたのだ。

最初は森の奥から聞こえてきていたその二つの声は、今ではテントから三十メートルほどのところから聞こえてくるように感じられた。そしてその声は、またもやわたしがナイフに手をかけたとたん、聞こえなくなった。
フクロウの鳴き声のまねをする大きな獣がいるなど聞いたことがない。わたしの想像だと、フクロウと獣は別々の存在ではなかったのではないか。山の神様がひとり二役を演じていたのではないか、という気がする。わたしがナイフに手をかけたことを察する神通力があることでも、それはほぼ確実だった。これが四つ目の怪異である。

朝方、またもやある音で目を覚まされた。どこからか鈴の音が聞こえてきたのだ。鈴の音は「シャン、シャン、シャン」という具合にリズミカルに聞こえてきた。その音は空中から聞こえてくるように感じられた。
目覚めるとわたしはすぐにテントからでて、周囲には誰ひとりいないことを確認した。そのあとで桜の枝の確認をした。が、テントの側には枝は落ちていなかったし、桜の木とテントの距離は思った以上に離れていた。これが五つ目の怪異である。

朝起きると雨はすでにあがっていた。恐ろしい目に遭ったことで朝寝坊したため、わたしたちはおそい朝食を前日の残りものですませた。鈴の音の話をしたら家内は、自分も聞きたかったと言った。荷物をまとめると、あの長い遊歩道を歩いて荷物を車まで運んだ。

一回ではすまず、二回目の作業をするべくキャンプ地へともどる途中だった。すぐ近くの森の中で、「アー」と大声で叫ぶ何者かの声がした。声は明らかに遊歩道にむけられていた。ちょうどターザンが叫ぶような声だった。あれが鳥の鳴き声などではないことは断言できる。これが六つ目の怪異である。

驚かされもしたが、野営前に山の神様に挨拶をしたことで神様の独特なおもてなしを受けたのだということで、わたしたちの意見は一致した。しかし、山の神様は人を脅かすことが生きがいのようだ。もう、怪異の目白おしだった。特に、最後のターザンの声には、ここまでもてなしてくれるのか、といった感謝の気持ちまで湧いてきたほどである。山の神様はイタズラ好きなのだ。

四十三　頭上におりてきた光球

この体験は凄まじかった。

山奥で巨人に遭遇した体験と比べてどちらがより恐ろしかったか、と訊かれても甲乙つけがたいとしか言いようがない。この体験をした場所は、水俣市の丸島という古い港町である。ところがこの体験にも、巨人と遭遇したあの山が絡んでくるのだ。


約十七年前の梅雨あけの時期、わたしは家内とふたりで丸島の防波堤で星をみながら涼んでいた。防波堤の上に仰むけになると星がよくみえると思って、わたしはコンクリートの上に横になった。梅雨あけのあとの夜空は澄んでいて、星々がよくみえた。

うち寄せるさざ波の音で、いつしかわたしは軽い瞑想状態に入っていた。すると、北東の方角（巨人と遭遇したあの山のある方角）に動く光をみつけた。その光はどんどんこちらのほうへと移動してきた。家内にもその光のことを伝えた。わたしは心の中で「もっと近づいてほしいなあ」と思った。

するとこちらの心理を読みとったように、その光はますます接近してきた。そしてついにわれわれの頭上までくると、そこでピタリと静止したかにみえた。よせばいいのにわたしはここでさらに「もっと近づいてくれないかなあ」と思った。

その瞬間である。真上で静止していた光が突如として、ものすごい勢いでわたしたちをめがけて落下してきたのだ。が、自然落下のようなゆるい速度ではない。どれくらいの速度がでていたのかなんて想像もできないが、地球の軌道を周回している人工衛星が一瞬のうちに、頭上に落下してきたようなイメージである。

光がわたしたちに接近するにしたがって急激に巨大化したのを、今でも鮮明におぼえている。変な形容の仕方に聞こえるかもしれないが、その光の色や輝きはとても清潔なものにみえた。あの光の内部に物質的なものが隠れているようには、少なくともわたしにはみえなかった。

とてつもない恐怖を感じた家内が「アッ」と叫んで、わたしの腕を強く掴んだ。わたしも気が動転するくらいの恐怖を感じた。すると、わたしたちの心理を受けとめたかのように、光球は落下するのをやめてスッと上空へと帰っていった。

このことでわかったことが色々とある。わたしたち人間よりもはるかに進化した生命体が、この世界には厳然と存在しているということである。それから光球のその動きにも驚いたが、われわれの意識状態をすべて掌握されていた事実にはもっと驚かされた。

さらに、この話には後日談がある。

翌日、わたしは自分の右手の手首部分が突起状に盛りあがっていることに気づいた。その盛りあがりは一年くらい存在していただろうか。正確なことはおぼえていないが、気がつくといつの間にか消えていた。あとになってから、CTスキャンを撮っておけばよかったと後悔した。


しかし、不思議なものである。光球と遭遇した翌日に手首に異常な突起があらわれれば、その突起は光球に関係しているのではないか、と考えるほうが自然である。しかもわたしは、UFOにアブダクション（誘拐）された人の多くが、体内に何かを埋め込まれたと証言している事実も知っていたのである。

にもかかわらず、なぜかそのとき手首の異常突起と光球との遭遇を関連づける思考が働かなかったのである。今になって考えると、どうもそれらを関連づけないようにコントロールする、外部からの力が働いていたとしか思えない。

現に、当時、UFO懐疑派だったある人物に、光球との遭遇体験の話をしたあとに手首の異常突起をみせたところ、言下に「インプラントされたんじゃない？」と言われたことがあった。が、ＵＦＯ肯定派のわたしはなぜかそのとき、「まさか」と答えたのである。まるで立場が逆転したかのようなやり取りを交わしたのである。

世の中には異常な体験をした人間がたくさんいるにはいるが、山で巨人と遭遇した体験と、ＵＦＯに拉致されかけた体験とを合わせもつ人間は少ないのではなかろうか。そういう意味では、わたしはとても希少な人間にちがいない。

上：日没時の美しい不知火海（筆者撮影）
下：光球が降下してきた丸島（筆者撮影）

四十四　瞑想に感応して出現する光球

あまり知られていないと思うが、ＵＦＯの類は瞑想に感応して出現することがよくある。それで思い出したが、昔の宗教画にはＵＦＯの類が背景によく描かれている。聖者が常に瞑想状態であることを考えると、それなりに理解できる。

わたしの場合、軍事用語だったＵＦＯという単語を使用するには、いささかためらいを感じる。実際のところ、わたしの瞑想に感応してあらわれる光球には物質的なイメージがまるでないからである。形もメタモルフォーゼするので、生命体の一種である可能性も捨てきれない。

水俣で複数回ＵＦＯに遭遇した体験を除外すれば、わたしがはじめてこの光球を目撃したのは、二〇一六年の五月のはじめである。つまりあの熊本地震の直後といってもいい時期だ。本震のあと、長く余震が続いた記憶がある。ようやく余震が収まりかけていたある日、久しぶりにわたしは森にでかけてベンチの上で瞑想をしていた。

ジリジリと照りつける日差しはもう夏のものだった。瞑想をはじめてしばらくすると、なぜか頭上が気になった。なにげなく空を眺めると、頭上に美しい日輪がみえた。これまたなにげなくわたしは日輪をスマホで撮影した。しかも連写モードで。日ごろ連写モードなどつかったことはなかったが、無意識のうちに連写モードで撮っていた。

帰宅後、日輪のデータをパソコンに移して眺めてみると、奇妙な光球が写っていることに気づいた。四枚の連写画像のうち三枚にその光球が写っていたが、不思議とどの光球も位置や形が異なっていた。

わたしが外で瞑想をすると光球が出現するようになったのはこれ以降である。もしかしたらこれ以前にも気づかなかっただけで出現していた可能性はあるが、これが一体どんな存在なのかはいまだに謎である。今では瞑想をしていないときにも光球があらわれることがある。

光球は一定の距離を保ち、どうもこちらを観察しているようにも見受けられるが、これがわたしの妄想ではないことは何枚もの証拠写真が裏付けしているし、あるときは家内も朝の早い時間帯にＵＦＯが自宅近くの上空にホバリングしているのを目撃している。

最後に、こんなこともあった。わたしが新型の疫病に罹って四苦八苦していたときのことである。前年に克服したと思いこんでいた糖尿病の残滓の影響によるものか、わたしの高熱はいく日も続き、このままあの世に旅立ってしまうのか、と想像したほどであった。掛かりつけの医者と保健所からは毎日電話がかかってきて、その日の体温や容態を確認しては、即入院することを強く勧められた。わたしが頑なに入院を拒んだのは言うまでもない。

そんなある日「あと一日でもこの高熱が続いたら、危ないな」と直観したその晩遅く、ある夢をみた。夢の中にわたしの知らない女性があらわれて、「宇宙人から電話がかかってきました」とわたしに言った。その電話にでようとしたところで目が覚めた。すると、不思議なことにあれほど続いた高熱がいつの間にかひいていた。だからわたしは、宇宙人に治してもらったと今でも思っている。

四十五　四次元パーラー「あんでるせん」

超能力者のマスターがいることで有名な、長崎県川棚の喫茶店「あんでるせん」にいったのは二〇一〇年の九月四日である。わたしがはじめてその喫茶店の存在を知ったのは、知人から聞いた話による。

話を聞いたわたしの印象は、「世の中にはすごい能力をもった人がいるからなあ」といった程度のものだった。が、この「あんでるせん」という不思議な喫茶店の名前だけはいつまでもわたしの記憶に残っていた。

次にこの喫茶店の名前を目にしたのは、とある雑誌の中であった。さすがにこのときは背中を押されているようなフィーリングを感じた。最初に話を聞いてからまだいくらも日にちが経っていなかったからである。が、それでもわたしはそのフィーリングにたいして敬意をはらわなかった。

次にこの喫茶店の名前を目にしたのは、ある本の中でだった。あるページに唐突にこの喫茶店のことが書かれていたのである。ここまで連続的にこの不思議な喫茶店の話を聞いたり目にしたりするということは、そこにいかなければならない、ということだ。わたしはそう思った。

それで、その喫茶店に関する情報を調べた。すると、予約をしなければいけないことを知った。その事実がふたたびわたしを「あんでるせん」から遠ざけた。理由はともあれ、なんと通算で三回も、この喫茶店への不可思議な誘いを無視してしまったのである。

その結果、ついにあの日がやってくることになった。

その日、わたしは所用で外出し、ちょうどオフィスにもどろうとしていたときだった。強い日差しの照りつける路上からエレベーターのほうをみると、こちらに気づいたのか、誰かがエレベーターのドアを押さえて待ってくれているのがみえた。

申し訳ないなと思ってお辞儀をしながらエレベーターにのりこむと、三階ですよね、とドアを押さえてくれていた女性が言った。みると、すでに三階のボタンが押されている。はい、と言いながらその人物をみると、まるで知らない女性だった。年齢は三十代のなかばごろに見えた。訪問先を尋ねると、わたしのオフィスだと言う。

立ち話もできないので、わたしは女性をオフィスの中へ招いた。来客用ソファに座ってもらってお茶をだすと、女性はテーブル越しに話をはじめた。彼女は旅行代理店の営業できました、と訪問目的を説明した。

わたしは一番訊きたかったことを尋ねた。それにたいして女性は、以前いちどこちらに飛びこみ営業をしたときに応対してくれたのが吉田さんだったので、顔をおぼえていたのです、と答えた。彼女は、社員旅行などをする際にはひと言お声がけ下さい、などとひととおりの営業トークをおえて帰っていった。

わたしは腑に落ちなかった。理由は二つあった。第一に、わたしはいちど会話を交わした人物の顔は忘れないという特技があるのだが、その女性の顔には見おぼえがなかったこと。そして、二つ目は、長崎県の旅行代理店の営業が、数百キロも離れた（そして主要な駅からもずいぶん離れている）雑居ビルの三階に入っているオフィスに、飛びこみ営業をする必然性がなかったことである。

その数日後のことである。急に「あんでるせん」のことが気になりはじめたわたしは、先日来訪した旅行代理店の女性の名刺を、机の引き出しからだしてみた。たしか長崎の旅行代理店だったな、と思い出したからである。

代理店の住所を確認するとやはり長崎だった。しかし、長崎県からあとの住所はわたしの知らない地名だった。が、そんなことはどうでもよかった。長崎の人ならば、長崎にある「あんでるせん」のことを何か知っているかもしれない、と思ったからである。もし「あんでるせん」について何か情報をご存知でしたら、教えていただけると助かります、と書いてわたしはメールを送信した。

翌日出社すると、朝一でメールの受信箱をあけた。すると、彼女からの返信がすでに届いていた。「あんでるせん」についての彼女の説明は、わたしの期待をはるかに上回っていた。興味深く読み進めながら、わたしはその日にでも早速喫茶店に予約を入れようと思った。ところがメールを閉じる直前になって、わたしは驚くべき事実を知った。彼女のメールの最後の文章が、こう書かれていたからである。

「わたしがあんでるせんに詳しいのは、わたしのいる事務所がその喫茶店の隣だからです」

わたしがサインを目にしながらも、なかなか「あんでるせん」にいこうとしないことに業を煮やしたマスターが、とうとう使者を送りこんできたのである。そうとも考えなければ、先日とつぜん来訪した彼女の説明がつかない。

さすがのわたしでもそのことに気づかないわけはなかった。急に「あんでるせん」のマスターに興味が湧いてきたわたしは、彼にまつわる様々な情報を集めてみた。マスターは三十年前から歳をとっていないとか、喫茶店の上空にはよくUFOが飛来しているなど、彼にまつわる都市伝説的な話はつきなかった。

当日、一番の席を割り当てられていた（この喫茶店には、来客者に席順が割り振られるという不思議なルールが存在する）わたしは、目の前でマスターの奇跡をみることができた。そうした訪問時の体験もふまえてわたしの感想を述べると、この喫茶店の目的が、よく言われているような、奇跡のショーで人を喜ばせることではないことがわかる。

それがたとえ超能力であったとしても、それは表面的なことでしかない。たとえば、マスターがひとりの人間を喫茶店によぶためにこれほどの労をとっていることだけからも、もっと深い動機や目的が存在していることがうかがえる。

わたしの経験から言うならば、見返りを求めずに相手の魂の成長を促すという大変骨の折れる利他的行為は、その背後に、欠けるところのない慈悲心が存在していなければ成立しないものである。実際そういう視点からみると、そのときマスターからわたしに発せられた言葉には、その深い慈悲のあらわれとしかとらえられない体温が感じられた。

あなたが運よく「あんでるせん」を訪問できた際には、奇跡のエンターテイメントや、意外と面白い親父ギャグだけでなく、そのあいだに語られる（一見、大して重要なことではないと思われるような）マスターのちょっとした言葉に注意していただきたい。

五年後、あるいは十年後、そのときに放たれたマスターの言葉をおぼえていられれば、それがあなたにたいする、未来を見通す能力者からの貴重な助言であったことがわかるかもしれない。

それから何年が経過したかよくおぼえていない。ある時期、わたしはふたたび「あんでるせん」にいきたくなった。が、なんど電話しても繋がらなかった。はじめて予約を入れた前回のときにはいとも簡単に繋がったのに。

そんなある晩マスターが夢にあらわれた。が、喫茶店の店主の格好ではなく、維摩居士《ゆいまこじ》（＊ヴィマラ・キールティ。俗人の仏教徒。釈迦の弟子。すべてのブッダから礼賛されるほどの高い悟りを開いていたとされる。『維摩経』の中心的登場人物）のような老師の姿だった。が、わたしには一目で、それがマスターだとわかった。

マスターが言った。

「あなたの修行は相当進んだから、もうここにくる必要はありません」

わたしの夢にあらわれたときのマスターの姿が、本当のマスターの姿だとわたしは思った。

四十六　お札の神威

ある日の昼下がり、仕事部屋で絵を描いていたときのこと。

とつぜん隣の和室で聞きなれない物音がした。何かが畳の上に落ちた音だった。急いで和室にいってみると、出窓の前に立てておいた幣立神宮の大麻が畳の上に落ちていた。窓はあけていなかったので、風が吹いて落ちたわけではない。

そのとき不思議なことが起こった。畳の上に落ちていたお札を拾った瞬間に、わたしの右手の中指がスパッときれて血が流れたのである。

お札は和室に祀ったというよりただ安置しただけで、なんのお世話もしていなかった。神様が怒ったのは明らかだった。わたしはすぐに神棚を入手して正式に祀りなおした。

すると、また不思議なことが起こった。ある日、神前にバナナをお供えした。まだ食べるには早い、青味がかったバナナだった。ところが翌朝、神様が召しあがったか気になってバナナを手にとると、神棚のほうにむいていた側面だけに十センチくらいの切れ目が入っていたのである。それで神様が召しあがったことがわかった。わたしの家は神仏習合である。

四十七　神様との交流

二〇二二年のある晩、めずらしく考えごとをしながら眠りについた。眠る前の意識状態を重要視するわたしにとっては異例のことである。その考えごととはこういうことである。わたしの家内は「陽気暮らし」を絵に描いたような稀有な人物なのだが、わたしからみると、最近の家内はまったく成長していないようにみえるのだ。

時折わたしが助言しても、聞く耳もたずといった感じなのである。「だから神様」とわたしは心の中で呟いた。

「わたしでは力不足です。神様があらわれて直接家内に指導して下さったら、素直に聴くと思います」と。いや、もっと正確に言うと、こうした思考をありありとしたヴィジョンとして観想したのである。

翌朝のことである。布団の上に起きあがった家内がなにやら神妙な顔をしている。ふだん神妙な顔など見せたことのない家内である。不審に思ったわたしは家内に尋ねた。どうかしたのか、と。すると家内はこう言った。

「夢に神様があらわれた。それで、赤ちゃんを育てると、自分も成長するって教えてくれた」

「赤ちゃん?」わたしは訊いた。
「動物の赤ちゃんでもいいんだって」

家内がそう言ったとき、わたしは昨夜寝る前に神様に願いごとをしていたことを思い出した。そのことを家内に話したあとで、わたしたちは神様に恭しくお礼を伝えた。神様もわたしに同情して下さったのかもしれない。が、その神様の名前はわからない。

また、ある日のこと。家内の夢枕にニニギノミコトがご出現され、ある教えを授けて下さったこともある。が、今その内容を公開すると物議をかもす可能性があるので、ここでは割愛したい。

エピローグ

旅のおわり

その晩、ラジオから流れる梅雨入りのニュースを聞きながら、わたしは旅の支度をしていた。東京を訪問するのは、四年ぶりだった。旅の目的は、この特殊な本の出版を快諾して下さった出版社に、挨拶をしにいくことだった。

出発する朝、わたしはこの旅のあいだに、二つの出来事を経験することになるだろうと感じていた。そのうちのひとつは、ささやかなわたしの願望に根差した事柄である。出版社訪問の他に何も用事を入れない（旅の動機が純粋であればあるほどその旅は素晴らしいものとなる）代わりに、自分と深い縁のある人と会わせてほしい、と数日前からスピリットにお願いをしていたのである。そして、その望みは叶えられる、という予感がしていた。もうひとつは、怪我をするという予感だった。体のどこかを痛めるありありとした予知夢を出発前夜にみたのである。

約束は午後二時だったので、午前十時に羽田空港に着いたわたしは時間をもてあました。

大した考えもないままに、いつの間にか明治神宮の境内を散策していた。参拝後、来た道を引き返していると、前方に人の垣根ができていることに気づいた。

五分後、上皇陛下夫妻がのられた車が目の前をとおり過ぎた。一瞬、スピリットに願い事をしていたことが頭をよぎったが、それはあり得ないことだと思い直して明治神宮をあとにした。


予感していたことは、その夜、成就した。

出版社に挨拶をすませたあと、ホテルの部屋に荷物をおろして西新宿一丁目へむかった。実を言えば、わたしはたった一ヶ月だけ東京で浪人生活をしていたことがある。そのときにフラフラと寄ったのが、西新宿の「思い出横丁」だった。

当時の「思い出横丁」はまだ現在のように観光化されておらず、戦後すぐの飯場のような雰囲気が色濃く残っていた。苦学生ならではの鋭い嗅覚で、この店ならば安いだろうと思ったのである。

自分の人生がまだスタート地点にもついていなかったあの晩、わたしはまだ自分自身について恐ろしいほど無知だった。もし当時のわたしに今の自分と共通する点があったとすれば、生きるために食べていたことぐらいである。

そうした記憶をたぐり寄せるようにして、この晩「思い出横丁」の中ほどにあるバーの軒をくぐった。この界隈には不釣り合いな内装の趣味が、どこかわたしの好奇心を刺激したからである。もしかしたら、あのカウンターの上に飾ってあった紫色のミロのヴィーナスがわたしに魔法をかけたのかもしれない。

バーは、いい具合に混んでいた。わたしが腰をおろした場所はエル字型ベンチのちょうど角っこだった。右側にはハットをかぶった男。そしてわたしの左隣を一席空けて、一番端っこに外国人の女性。わたしがベンチに座ったときに一瞬だけ顔をあげたが、すぐにまたスマホに目を下ろすのが見えた。

マティーニを飲み干して、ギムレットを飲みはじめたころだったと思う。お酒は飲まずにスマホばかりを見ているその外国人の女性が気になりだしたのは。ハットのよく似合う隣の男と会話を交わしながら、わたしは時折、この女性に目をやった。少しふさぎこんでいるようにもみえた。

「すみませんが、どちらのご出身ですか」わたしは尋ねた。

「スイスです」

そう言って微笑んだかと思うと、すぐにまたこのスイス人はスマホに視線を戻してしまった。そのときだった、強烈なインスピレーションを感じたのは。その霊感はこう告げていた。

〈このスイス人とお前とのあいだには、太古の昔からの繋がりがある。が、それがわかるには、あともう少しだけ時間が経過しなければならない。なぜなら、お前の左隣には今、ミッシング・リンクがあるからだ。この席にもうひとりが腰をかけたとき、このリンクは完成する。だから、待て。お前の好物のモヒートでも何でもいいから、もう少し飲んでそのときがくるのを待て〉

あいにく店には、モヒートはなかった。カウンターの上のミロのヴィーナスが固定されているのか知りたくて、女神像に手を伸ばしたときだった。ひとりの外国人の男が店内を覗きこむと、そのまままっすぐにわたしの隣に座った。その瞬間、ミッシング・リンクが完成したことをわたしは知った。太古の昔からわたしと繋がりがあったのはスイス人の女性だけでなく、このベルギー人の男もそうだったのである。

わたしたち三人はこの晩、運命にひき寄せられるようにして、偶然に、ここで邂逅を果したのである。

ベルギー人の男は弦楽器製作者で、偶然にもわたしと同じ年齢だった。以前、夢の中でみた不思議な楽器のことをわたしは彼に話した。その、軽自動車ほどもある打楽器の話を、興味深そうな眼差しで彼は聞いていた。弦楽器に詳しい彼は同時に、精神世界にも造詣が深いようだった。彼の口から葉巻の臭いとともにエックハルト（＊中世ドイツのキリスト教神秘主義者）やグルジェフ（＊アルメニア出身の神秘思想家。主著に『注目すべき人々との出会い』）の話がでてくると、わたしは酒を飲むのも忘れて彼の話に聞き入った。

どんどんディープな話題へと変わっていく会話を楽しみながら、この旅の出発前に予感していたことが実現した悦びにわたしは浸っていた。この予感に関しては、あの晩、ついぞ話しそびれてしまった。もし、ふたりがこの文章を読んでいるなら、ここで笑っていることだろう。

そして、いつの間にかわたしは座禅のことや、今後訪れることになるやもしれない世界の大変動のことについて語りだしていた。このあいだ、三人が三人ともこの絆にたいする感動のあまり、生ビールをお互いに奢りあった。言い訳にはならないかもしれないが、この三人の絆を思えば、出会って数時間で自分の知りうるすべてのことをさらけだしても問題にはならない、と思えたからである。

とにかくわたしたちは、幼いころに生き別れた本物の家族に再会したかのように、怒涛のごとく喋り続けた。会話が唯一中断したのは、「69年生まれということはサマー・オブ・シクスティナインね」と彼女が口にした直後だけである。

終電を気にしたベルギー人の「旧友」が先に帰ったあと、わたしはスイス人の「旧友」の隣に席を移動した。みると、いつの間にかハットの男もその隣の常連もいなくなっていた。

「わたし、ずっと落ちこんでたの」彼女は言った。

「だから、さっき声をかけてくれたとき、とても嬉しかった」

そう言うと、彼女はわたしを質問攻めにした。が、彼女が落ちこんでいた理由をわたしは聞かなかった。いつになくしこたま飲んでいたわたしにとって、ひとつひとつの質問に答えるのは至難の業だった。だって、「神道と仏教はどうちがうの?」というような高尚な質問が、次から次へと繰り返されるからだ。それに、彼女が望んでいたのはありきたりな説明なんかではなく、体験的な答えだと感じたからである。

二人の「旧友」からは、人間が宿命的に抱えこんでいる制約から解き放たれ、時間の発生するその根源まで見届けようとする生き方を、本気で探求してきた魂だという印象を強く受けた。特にスイス人の「旧友」からは、どれだけ長いあいだ孤独と慣れ親しみ、紆余曲折のある精神的遍歴を経てきたか、ということを思う存分知らされた。
お別れのときとなり、彼女は最後にこう言った。高野山にいって、と。その理由をわたしは聞きそびれてしまった。が、この過失はいい過失なのだ。東京で彼女が発したメッセージを、わたしは高野山で受けとることになるからだ。その土産話は、いつの日か、またあの店で……。

この本を書く、という旅には素晴らしい方々の助けをいただきました。執筆をはじめたその日、昼間にトランペットの荘厳な音でわたしを驚かせた名もないスピリットたち、「無」の世界の番人、そしてなによりも、この本の出版を快諾して下さった明窓出版の麻生真澄社長には、心より謝意を述べさせていただきたいと思います。

そして最後に、太古からの絆のある三人を、わたしの思い出の地である「思い出横丁」でひき合わせてくれて、この旅のおわりにこのうえなく美しい花を添えてくれたスピリットと、そしてわたしに魔法をかけてくれたミロのヴィーナスにお礼を述べたいと思います。

二〇二四年七月吉日　　吉田正美

吉田　正美（よしだまさみ）　略歴

1969年、熊本県水俣市生まれ

慶應義塾大学　法学部卒業。

（株）レナウン・ジャーヂ退職後、複数の企業を経て独立。長年続けてきた座禅の影響で四十代のある日を起点に、幾何学模様を内部視覚で観るようになる。そうした幾何学模様を作品化しはじめたのがきっかけで、様々な絵を描きはじめる。内部視覚と霊夢の内容を作品化するのが特徴。アート作品はウェブショップの「Dreamtime Art」にて閲覧できる。

やがて来《く》るその日《ひ》のために備《そな》えよ
スピリチュアルに生《い》き残《のこ》る人《ひと》の智慧《ちえ》
縄文時代《じょうもんじだい》はなぜ一万年続《いちまんねんつづ》いたのか？

吉田《よしだ》　正美《まさみ》

明窓出版

令和六年 十月一日　初刷発行

発行者――麻生 真澄
発行所――明窓出版株式会社
〒一六四―〇〇一二
東京都中野区本町六―二七―一三
印刷所――中央精版印刷株式会社

落丁・乱丁はお取り替えいたします。
定価はカバーに表示してあります。

ISBN978-4-89634-481-3